АЛЕКСАНДР ПОЛЯРНЫЙ

МЯТНАЯ СКАЗКА

Издательство АСТ
Москва

УДК 821.161.1-312.4
ББК 84(2Рос=Рус) 6-44
П54

Александр Полярный

МЯТНАЯ СКАЗКА

Иллюстрации в тексте *Юлии Солодовниковой*

Дизайн обложки *Екатерины Ферез*

Полярный, Александр.
П54 Мятная сказка / Александр Полярный. — Москва : Издательство АСТ, 2019. — 160 с.

ISBN 978-5-17-102745-2

События книги разворачиваются вокруг мальчика, которого отдали в приют. Он быстро понимает, что справедливости в мире нет. В этой сказке будет несколько мятных капучино, много снега и пара разбитых сердец.

УДК 821.161.1-312.4
ББК 84(2Рос=Рус) 6-44

ISBN 978-5-17-102745-2

© Александр Полярный, 2018
© ООО «Издательство АСТ», 2019

прочитай. забудь.

и живи, как раньше жил.

Глава 1
Мятная конфета

Привет, дружок!
Я очень рад, что ты нашел время прочитать мою историю. Постараюсь быть кратким, но максимально точным во всех деталях...

Все началось еще много лет назад... Одиночество преследует меня с самого рождения. Интересно, что чувствует крошечный ребенок, когда родители оставляют его у порога детдома, нажимают на кнопку звонка и уходят в темноту? Сотрудники детдома называют ее «кнопкой подлецов». (Это я узнал позже, когда мне было 13 лет.)

А тогда я просто лежал и смотрел в небо: мне всего три месяца, и весь мир такой большой и пугающий...

Прошло совсем немного времени, но мне пришлось смириться: справедливости в мире нет. Из собственных вещей — только шкафчик у двухъярусной кровати, а шрамы на коленях напоминают, как мне не хватает мамы. Я никак не мог понять: почему меня бросили и в чем я так успел провиниться?

Каждый день в течение десяти лет я задавался этим вопросом. Представляешь, как повлияли на меня все эти годы, проведенные в этом месте?

Все жили по одному графику: завтрак, уроки, обед, прогулка, тихий час, чтение, ужин, сон. Но были и дни, когда кого-то из нас забирали: приходили счастливые пары, сочувствовали всем детям, но всегда выбирали самых красивых и милых малышей. «Будто мы на собачьей выставке», — думал я.

И однажды мне посчастливилось познакомиться с мистером Джеком. Я запомнил тот день на всю жизнь. За окном валил снег, была сильная метель. Никого из нас не выпускали на улицу, да, впрочем, никто и не хотел выходить. Еще днем электрические провода оборвал ветер. В приюте было темно и ужасно холодно.

Около восьми вечера мы собрались в общей комнате и сели пить чай на большом бордовом ковре. Да, уселись прямо на пол, с кружками в руках, завернувшись в самые теплые вещи, какие только у нас были. И только крохотная лампа в центре комнаты служила слабым источником света. Наша воспитательница, мадам Илона, — пожилая женщина, укутанная серым вязаным платком, — сидела

МЯТНАЯ СКАЗКА

в кресле в центре и в полумраке читала нам сказку, название которой я уже и не вспомню. Но по сей день удивляюсь, как в такой темноте она умудрялась нам что-то читать. Она очень нас любила и, кажется, делала вид, что читает, а сама на ходу придумывала новые сказки. Когда мадам Илона произнесла: «И только раз в несколько лет можно было наблюдать, как снегопад вперемешку со звездами делал счастливыми людей, находящихся в этом волшебном месте…», кто-то громко постучал. Все испуганно уставились на дверь.

Постучали еще раз… Мадам Илона подошла к двери и, не спросив, кто к нам пожаловал, повернула ключ в замочной скважине.

Дверь открылась, и в комнату подуло холодным ветром. Затем вошел мужчина, на вид лет двадцати пяти. Стряхнув снег со шляпы, он громко произнес:

— Добрый вечер!

— Джек! Я думала, ты уже никогда не вернешься!

Мадам Илона крепко обняла его, как обнимают матери своих сыновей, когда отправляют их куда-то далеко-далеко, например, на войну. Мужчина улыбался, а мы продолжали глазеть, не очень понимая, кто именно к нам пришел. Он просто стоял и улыбался.

АЛЕКСАНДР ПОЛЯРНЫЙ

Я тогда подумал: какой же он дурак, приперся в такую погоду и стоит, улыбается. Но вдруг он вышел и спустя пару минут вернулся с огромным ящиком, еле дотащив его до центра комнаты. Со словами «это всем» Джек поставил подарок перед нами и одним ловким движением открыл его. Там оказалось килограммов двадцать, а может, и больше, конфет.

Незнакомец сел рядом с нами на пол и сказал:

— Знаете, а ведь я и сам был таким же, как вы... Жил в этом паршивом детдоме до пятнадцати лет. Моя мать отказалась от меня, когда мне едва исполнилось пять... Только раньше здесь была очень злая повариха, которая постоянно заставляла всех съедать порцию противной каши до конца, — добавил он с ухмылкой.

Я вдруг осмелел:

— Тут и сейчас такая есть.

Все дружно засмеялись.

— Берите конфеты, не стесняйтесь, — продолжал наш гость с улыбкой.

Через несколько минут все объелись сладостями и стали слушать истории мистера Джека.

Этот человек побывал, кажется, в каждом уголке нашей планеты. Он рассказывал, как путешествовал по Африке, был на переговорах с королевой амазонок на каких-то древних островах, описывал заснеженный городок Мурманск где-то за полярным кругом, в далекой от нас России.

Мы внимательно слушали этого неожиданного гостя: до позднего вечера он одновременно смешил нас и пугал своими рассказами.

Когда мы собрались спать, он встал с кресла и произнес: «Ребята, я был очень рад с вами познакомиться, но мне пора идти. Мадам Илона, низкий вам поклон. И спасибо за все». Он уже сделал несколько шагов к двери, но вдруг остановился и тяжело вздохнул. Повернувшись к нам, он неожиданно произнес: «Всего одного я могу приютить, всего одного, хотя хочу забрать с собой всех. Но я весь вечер присматривался к вам, заглядывал каждому в глаза, думал, кого заберу в свою семью. Вы все замечательные, но я не могу выбрать... Моя жена, Марси, отказалась ехать со мной именно по этой причине, да я и сам знал, что определиться будет сложно».

Мадам Илона подошла к Джеку и, приобняв его, сказала: «В этом случае я возьму на себя право выбора. У нас есть мальчик, который здесь с самого рождения и, кроме этих стен, ничего в мире не видел. А провел тут больше десяти лет... Сойер, подойди сюда, не стесняйся», — добавила мадам Илона, заглянув мне в глаза. Джек посмотрел на меня сверху вниз, улыбнулся и произнес: «Сойер, пошли, нам нужно торопиться, нас уже ждут...»

Я был настолько обескуражен происходящим, что взял одну-единственную вещь, которая принадлежала мне, — маленький ключик от пустой тумбочки. Потом я обнял мадам Илону и громко воскликнул: «До встречи, ребята!». И побежал к выходу вслед за Джеком, к его машине.

Мы ехали долго. Мне удалось заснуть, а он вел машину всю ночь — все дальше и дальше от этого ужасного места, в котором я провел первые тринадцать лет своей жизни. Никогда я не спал так крепко, а проснувшись, немного испугался. Но, прокрутив в голове события прошлого вечера, я улыбнулся. Джек взглянул на меня и молча кивнул.

Почти сутки мы ехали без остановки: он очень спешил. Не проронил ни слова, только улыбался, пытаясь скрыть свои чувства, но я видел, что его распирает от радости и гордости.

Вечером мы наконец-то подъехали к какому-то зданию и вышли из машины. Это оказался большой

МЯТНАЯ СКАЗКА

двухэтажный дом с газоном и деревянными качелями во дворе. На первом этаже горел свет. Мы поднялись по ступенькам, и Джек толкнул незапертую дверь. Миновав огромную, но уютную гостиную, мы попали на кухню. Там, у плиты, кружилась молодая девушка с теплым цветом волос и голубыми глазами. Увидев нас, она произнесла: «К сожалению, я испортила наш ужин. Все сгорело, нам придется заказать пиццу, чтобы не умереть с голоду...». «Она странная, но, кажется, очень милая», — подумал я.

— Сойер, знакомься: это Марси, моя жена.
— Здравствуйте, Марси.
— Привет, дружок! Я сейчас быстренько закажу пиццу, а вы мойте руки и пойдемте пить чай, — сказала Марси и направилась в гостиную.

Через несколько минут мы уже сидели на кухне с чашками в руках. Глядели друг на друга и улыбались. В компании этих двоих мне было очень уютно: они излучали какое-то тепло и доброту. Джек сказал: «Сойер, я хочу, чтобы ты с самого начала понял: ты не в гостях — ты дома. Не смей стесняться, пожалуйста!» Я кивнул. Так мы сидели и ждали курьера с нашим ужином.

Пиццу привезли минут через тридцать. Джек расплатился с курьером и предложил ему зайти выпить горячего шоколада. Курьер взглянул на него удивленно и, что-то пробормотав, ушел.

— Видно, испугался, подумав, что мы хотим его ограбить и убить, — сказал Джек.

Я засмеялся, а Марси усмехнулась:

— К Джеку никто никогда не заходил на чашку горячего шоколада...

— Но, Марси, дорогая, на улице холодно, а он сделал нам такую услугу, привез ужин, — ответил Джек.

— За который ты заплатил... — добавила Марси.

Мы сели на диван с коробкой огромной пиццы на коленях и с газировкой в руках. Я сразу почувствовал, что Марси отнеслась ко мне не как к сыну, а как к другу. Она предположила, что я, должно быть, выгляжу младше своего возраста, и все время обращалась ко мне «дружок».

— Дружок, мы тебе подготовили комнату. Ты же не боишься спать один? — спросила Марси.

— Нет, не боюсь, — немного смущенно ответил я.

— Я шучу: конечно, не боишься, — с улыбкой продолжила Марси.

МЯТНАЯ СКАЗКА

Казалось, мы уже успели стать лучшими друзьями... Джек уснул на диване, а Марси взяла меня за руку и тихо сказала: «Для него это был очень тяжелый день... Пойдем, я отведу тебя в твою комнату».

Этой ночью я не смог уснуть. Смотрел в потолок своей комнаты на втором этаже. Там были большой книжный шкаф — но почему-то в нем была всего лишь одна книга, — внушительный письменный стол, кресло в углу комнаты и окно с видом на дорогу. Вещей было не очень много, но все они были новыми. На следующий день я чистил зубы уже в собственной ванной комнате.

О чем может мечтать подросток в свои тринадцать лет? Кажется, тогда у меня было все: своя комната, семья, не хватало только щенка... Когда я закончил умываться, услышал голос Марси с кухни: «Мальчики, завтрак!». «Все как в нормальной семье», — подумал тогда я. Яичница, бекон и сок ждали меня на кухонном столе. Мы поели, Джек уехал на работу, а Марси провела для меня экскурсию по дому: кухня, несколько спальных комнат, огромная гостиная, библиотека — и это не считая второго этажа, который почти полностью принадлежал мне. Марси спросила:

— Ты, видно, не понял, почему в твоем книжном шкафу всего одна книга?

— Нет. Почему?

— Видишь эту стену? Джек заполнил ее теми книгами, которые сам прочел. А я поставила свою любимую книгу: начни с нее, если у тебя будет желание...

Я посмотрел на полки: тут были сотни книг, которые прочитал мистер Джек.

— Мне кажется, Джек воплощает все свои детские мечты, все свои планы, которые он строил в детдоме, а сейчас он пытается доказать себе и всем остальным, что чего-то стоит, — сказала Марси, улыбнувшись.

Прошло несколько дней. Я уже начал привыкать к своей новой жизни и одним ранним утром собирался в школу. «Мальчики, завтрак!» — услышал я тоненький голос Марси.

Я быстро сбежал по лестнице с рюкзаком на плече и сказал: «Мам, я очень волнуюсь. Но обещаю быть умнее всех!». Марси обняла меня и не смогла сдержать слез: ведь я назвал ее мамой в первый раз.

На улице была сильная метель. Мы ехали в школу примерно час. Джек сказал, что это самая лучшая школа в округе и в нее очень сложно попасть, если ты не сын начальника или еще кого поважнее. Я не знал, кем работает мой отец, но не стал спрашивать его тогда...

МЯТНАЯ СКАЗКА

Школа располагалась в большом красивом здании, окруженном деревьями, высотой с небоскреб. Или мне так показалось? Мы зашли через парадный вход, нашли нужный класс, и Марси прошептала: «Все, дальше ты сам, ничего не бойся!..». А Джек похлопал меня по плечу и сказал: «После школы расскажу тебе что-то очень важное...».

Я зашел в класс, где были по меньшей мере двадцать учеников моего возраста и молодая учительница математики, которая поприветствовала меня: «Привет! А мы тебя как раз ждем. Сойер, верно?». Я громко ответил: «Верно».

Выглядел я тогда немного смущенным. Меня посадили за парту к нелепой девочке в очках. Все шептались, рассматривая меня, и мне стало неловко. Следующие сорок минут, кажется, мало кто был занят математикой: все то и дело переговаривались. На перемене я стал знакомиться с моими новыми одноклассниками. Высокий рыжий парень сразу протянул мне руку и сказал:

— Густав.
— Сойер, — я протянул ему руку в ответ.
— Недавно переехал? — спросил он.
— Шесть дней назад, — ответил я.

АЛЕКСАНДР ПОЛЯРНЫЙ

Проболтали мы с ним всю перемену, но тут прозвенел звонок, и все направились на урок искусства. Весь урок мы рисовали китов. У нас был классный учитель — настоящий художник, Горлан Воршал. Он рассказывал нам о своих экспедициях на Северный полюс. Рядом со мной сидела голубоглазая девочка с волосами цвета белого золота и очень красиво рисовала — намного лучше меня. Она, не отрываясь от холста, посмотрела на меня как на инопланетянина, а я засмущался.

Вдруг в класс зашел мужчина, и все встали. Это был директор школы, на вид ему было около сорока лет, крепкого телосложения, с явной армейской выправкой. Он подошел к учителю рисования и что-то прошептал ему. Тот сразу покачал головой и показал рукой в мою сторону

«Парень — за мной. Пойдем, не бойся», — обратился директор ко мне. Я медленно подошел к нему, и мы вышли из класса. Директор отвел меня в свой кабинет: это была большая комната, стены которой украшали награды и благодарности. Я сел в кресло напротив его стола. Он спросил:

— Джек и Марси Линдслоу — твои родители, верно?

— Да, верно.

МЯТНАЯ СКАЗКА

— Ты же знаешь, что ты их приемный, а не родной сын, верно?

— Сэр, мне тринадцать лет, я все понимаю и очень благодарен им, они...

— Постой, Сойер, — перебил он меня. — Мне только что позвонили из службы дорожного патруля и сообщили, что твои приемные родители погибли в автокатастрофе час назад. Твой отец, Джек, не справился с управлением и врезался во встречную машину... Прими мои соболезнования...

АЛЕКСАНДР ПОЛЯРНЫЙ

В этот момент весь мир для меня перевернулся. Дальше я не слышал, что говорил директор.

Мне было мучительно больно, я не мог поверить в то, что произошло.

Читатель, прости! Я пообещал говорить только правду, какой бы горькой она ни была... Сойер больше никогда не увидит учителей этой школы, никогда не заговорит с девочкой, которая сидела на уроке справа от него, и никогда не узнает, что хотел сказать ему Джек.

Попросту никогда...

Глава 2

Наполовину полный стакан

Читатель, что происходило дальше в нелегкой судьбе Сойера, мне неизвестно, но попрошу тебя не вешать нос! Там, где бывает закат, вскоре наступает рассвет.

Глава 3
История одной любви

День 1-й

Она вышла из битком набитого автобуса. Ей было душно в толпе незнакомых людей. «Пройдусь пешком», — подумала она. Было очень свежо — прохладный сентябрь. Девушка шагала по тропинке с опавшей листвой, аккуратно обходя лужи. Ветер дул ей в лицо.

Уже несколько минут телефон разрывался от входящих сообщений. Она достала мобильный из коричневой кожаной сумки и прочитала: «Ты где?»; «Ты придешь?»; «Зои, не молчи!».

Зои улыбнулась и набрала: «Почти приехала». Не успела она убрать телефон в сумку, как моментально пришел ответ: «Быстрее, тут такая толпа!». Эти сообщения приходили от подруги Зои, Мэри, шатенки двадцати двух лет, которая уговорила ее пойти вместе в театр. «Ненавижу толпу!..» — вздохнула про себя Зои.

АЛЕКСАНДР ПОЛЯРНЫЙ

Она подошла к площади перед театром и увидела множество людей. Но это была не такая толпа, как в забитом автобусе, а совсем другая: веселая, шумная, все в предвкушении хорошего вечера. Прекрасно одетые мужчины в костюмах с красивыми спутницами в вечерних платьях.

«Зои, Зои!» — помахала рукой Мэри, стоявшая у входа в театр. Она обняла подругу и с ходу затараторила:

— У нас первый ряд, 14-е и 15-е места. Это самые лучшие места в зале, я же тебе говорила!

— Мэри, ты такая молодец, правда...

— Я знаю. Можешь не говорить мне такие очевидные вещи... А может, сегодня мне удастся познакомить тебя с одним из красивых, умных, богатых молодых мужчин? Их, кстати, полно в этом зале...

— Не начинай, пожалуйста, прошу тебя, — ответила Зои, презрительно поморщившись от ее предложения.

...Мы прошли в холл, я развязала шарф, расстегнула пуговицы на пальто и встала в очередь в раздевалку. Мэри трещала без остановки что-то про богатых и красивых кавалеров, про мужчин в разводе.

Через несколько минут мы были в зале. Места действительно оказались хорошие.

МЯТНАЯ СКАЗКА

...Большая заснеженная сцена. Новогодние декорации. «Очень уютно и одновременно торжественно», — промелькнуло в голове у Зои.

Мэри строила глазки сидящему рядом австралийцу и что-то шептала ему.

Заиграла музыка. Свет в зале приглушили, и на сцене появился бородатый старик с фонарем в руках. Освещая себе путь, он начал рассказывать легенду о волшебном снегопаде: если попасть в него, человек будет счастливым.

Вскоре на сцену вышел странник, точнее, юноша лет двадцати, сбившийся с пути. Он заблудился — и, вероятно, не только по сценарию, на местности, но и в жизни. Оказавшись в кругу бездомных людей, он произнес: «Новый год — это лишь новые 365 поводов грустить!». Зои эти слова показались немного банальными, но его голос! Мурашки побежали по коже… Какой же теплый! Кажется, что этот голос в силах растопить даже лед.

По сюжету выяснилось, что главный герой пьесы спорил с каким-то тайным обществом о смысле жизни.

Тут мне стало наплевать на все вокруг, кроме Него. Я не слышала смеха зрителей и не замечала, как Мэри флиртует рядом с каким-то богачом. Я не могла оторвать взгляда от этого юноши на сцене. Почему он показался мне таким скромным и печальным? Всю жизнь я была твердо уверена, что влюбленность — это не коробка шоколадных конфет, купленная по пути на свидание. Это что-то большее... То, чего мне еще не показывала жизнь. Оказывается, все намного проще. И одновременно сложнее, потому что нет такого языка на земле, который способен передать это чувство...

— Зои, рядом со мной сидит владелец «Ронзетто делириум», крупной сети ювелирных изделий в Австралии. Я познакомлю вас после спектакля, он предлагает с ним выпить, — шепнула Мэри.

— Пожалуйста, помолчи, ты отвлекаешь, — раздраженно ответила я.

Мэри презрительно отвернулась от меня. Закончился спектакль, а я не могла встать, настолько сильным было впечатление. Все аплодировали стоя. Потом толпа зрителей устремилась к выходу: кто в рестораны, кто домой, кто гулять дальше. А я села на диванчик в холле и разглядывала актеров, которые общались со зрителями, фотографировались, смеялись.

Всю жизнь я была твердо уверена, что влюбленность — это не коробка шоколадных конфет, купленная по пути на свидание. Это что-то большее. То, чего мне еще не показывала жизнь. Оказывается, все намного проще. И одновременно сложнее, потому что нет такого языка на земле, который способен передать это чувство.

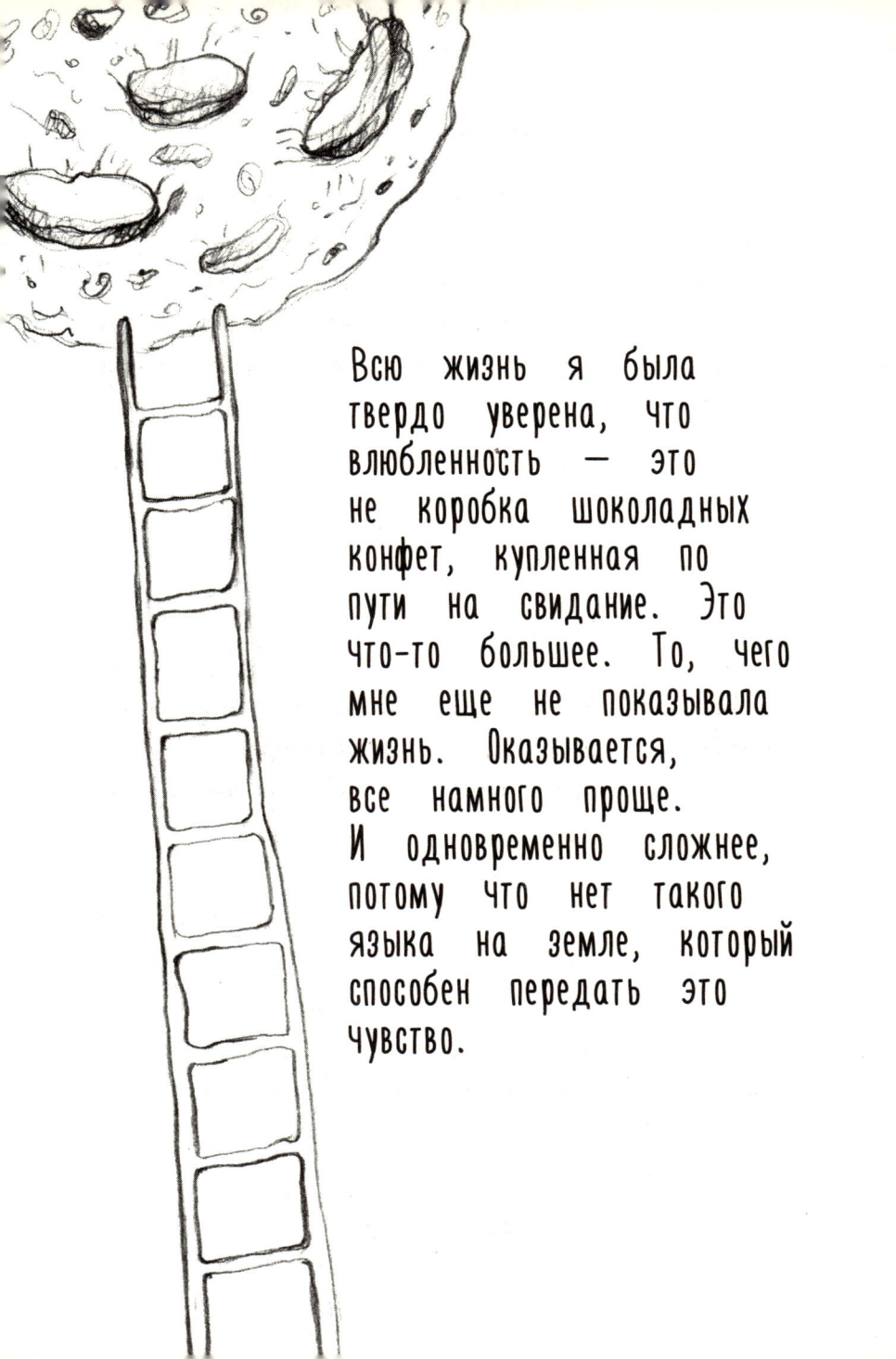

И Он там был. Тот самый актер. Говорил с какой-то девушкой, я уже начала ревновать. Она положила руку ему на плечо. «Вот сейчас возьму и подойду к нему, — единственная мысль, которая крутилась у меня в голове. — Ведь не боюсь. Возьму и подойду. Вот уже, сейчас...»

— Ты на кого там так пялишься, Зои? — с упреком спросила Мэри.

— На того, кто играл путешественника, — ответила я.

— Зои, ты сумасшедшая? Ты знаешь, сколько они зарабатывают? Да он нищий актеришка, зачем он тебе нужен?!

— Так, все, молчи. Я иду, — отмахнулась я от Мэри. А сама стояла на месте как вкопанная минуту, десять, двадцать...

Кажется, он уже собрался уходить. И все?

Я его больше никогда не увижу?

Тут меня кто-то тронул за плечо, и я обернулась, вздрогнув от неожиданности: передо мной стоял тот богатый австралиец, с которым хотела познакомить меня Мэри, держа в руке розы. «Ви должны пайти со мной выпить однозначна», — сказал он с ужасным акцентом и вручил мне букет. «Нет, не могу,

МЯТНАЯ СКАЗКА

пожалуйста, простите, мне срочно нужно домой! Спасибо за букет: он правда замечательный», — проговорила я вежливо, мечтая, однако, его отшить. Едва сдерживая слезы, я пошла к раздевалке, но меня вновь тронули за плечо. Не оборачиваясь, я крикнула ему:

— Да отстань же ты, наконец!

— Прошу прощения, но вы оставили вашу коричневую сумку на скамейке, когда наблюдали за мной... Вот, пожалуйста... Красивые, кстати, розы. Наверное, вы поставите их в вазу, чтобы они умирали медленнее? — спросил тот самый актер.

Он стоял и держал мою сумку в руках. Потом протянул ее мне. Я стояла ошарашенная. Он подошел. Сам. На долю секунды я почувствовала себя особенной. Взяла из его рук сумку и пролепетала:

— Простите, пожалуйста, спасибо, извините, просто тот человек хотел меня напоить, сделать своей женой, и я бы умерла от несчастья с ним...

Актер засмеялся:

— Богачи — да, они такие...

Я тут же ответила:

— А цветы — нет. Недавно один парень подарил мне букет цветов, в котором было больше ста роз.

АЛЕКСАНДР ПОЛЯРНЫЙ

А я не знаю, как бы ему намекнуть, что меня нужно брать едой...

— Едой, сериалами и теплым пледом по вечерам? — добавил он.

— Ромашковым чаем еще можно! — улыбнулась я.

— Ого, как откровенно!

— Почему? — я не могла сдержать улыбку.

— А я никогда не пил ромашковый чай, но выпил бы его с вами. Прямо сейчас.

Прозвучало это так заманчиво, что от радости у меня закружилась голова. Я протянула ему руку:

— Зои.

Он наклонился к моей руке, чтобы поцеловать, и произнес:

— Сойер.

Кажется, он до сих пор не вышел из образа после спектакля или обманул весь зал, а я этого не заметила...

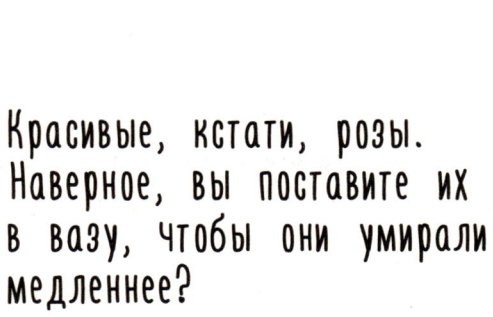

Красивые, кстати, розы.
Наверное, вы поставите их
в вазу, чтобы они умирали
медленнее?

Так, стоп, читатель! Я хочу предупредить тебя: помни, что это — всего лишь сказка, и ты в любой момент можешь закрыть эту книгу и отложить ее в сторону... А лучше так и поступи: все это — нереальная история, и никто не пытается тебе доказать, что так было на самом деле. И прости меня за лирические отступления.

День 3-й

Сойер

Я уже проснулся и боялся, что не увижу ее, когда открою глаза. Но она была рядом и крепко спала. Очень тихо дышала и выглядела сейчас такой хрупкой.

Я осторожно встал с постели и тихо вышел из комнаты, чтобы случайно не разбудить Зои. Начал готовить завтрак, но мысленно оставался с ней в постели. А мои вечно холодные руки... я так хотел согреться рядом с нею! Кофе, несколько тостов — и вот я несу ей в постель поднос. Точнее — нам. Запах кофе разбудил ее, не успел я зайти в комнату.

— Сколько времени? — промурлыкала Зои.
— 18.30.
— Я проспала весь день? — с испугом спросила она.

— Мы проспали весь день, — сказал я, успокаивая ее.

— Ты приготовил мне ужин?

— Да, это ужин в постель.

— А что у нас на ужин?

— Тосты и кофе.

— Со-о-ойер, — протянула она, — это самый романтичный ужин в моей жизни...

— На самом деле это очень поздний завтрак. Если хочешь поужинать, можем прогуляться в кафе на углу Чайного квартала.

МЯТНАЯ СКАЗКА

— Это случайно не там, где лавка сладостей Борли Минтла?

— Именно там, напротив нее.

— Нет, тогда точно не пойду, Сойер. Я слышала столько ужасного про этого человека.

— Что именно? — со смешком спросил я.

— Иди ко мне, это очень страшная история...

Я подвинулся к ней ближе, и она укутала меня одеялом.

...Очень давно жил на свете одинокий человек, который однажды влюбился в прекрасную девушку, дочь богача, прекрасную Глорию Ротхен. Ее отец, Смит Ротхен, был владельцем фабрики сладостей — в то время самой крупной в наших краях — и был настроен против их отношений.

— Почему? — удивленно спросил я.

— Потому что этот одинокий человек был его конкурентом, владеющим маленьким магазином сладостей. А Смит считал, что тот хочет использовать его дочь в своих корыстных целях.

На самом деле этот одинокий человек был по уши влюблен в Глорию. Он был простым добрым парнем, который помогал беднякам, заботился о больных животных. Дома у него жили три ворона с волшебными клювами, исполняющих любые желания хозяина... Но это всего лишь легенда, а что было на самом деле — никто уже не помнит наверняка...

Так вот, однажды этот одинокий человек пришел домой и увидел, что у его двери висят головы трех его воронов с обломанными клювами, а на двери кровью написано: «Ты — следующий». На другой день всех членов семьи Ротхен нашли мертвыми в их кроватях. Кроме Глории — ее больше никто никогда не видел...

— Как, ты думаешь, звали того одинокого человека?

— Неужто Борли Минтл?

— Верно. Поговаривают, что в его подвале до сих пор живет в плену Глория Ротхен.

— Я не верю: если бы это было правдой, он давно бы гнил в тюрьме! Был ли суд? Его дом обыскивали?

— Сойер, это всего лишь сказка, хоть и страшная... Но боюсь, что доля правды в ней есть.

Несколько минут мы ели молча.

Решили никуда не идти и опять заснули...

День 6-й

Зои

Кажется, тогда у нас дома закончилось все: сахар, чай, другие продукты, салфетки — так долго мы не выходили из дома. Мы просто обнимались сутки напролет...

Вы смогли бы пропасть на неделю из своей жизни? Просто вырваться, оставив дома включенным свет, приготовленный суп в холодильнике, может быть, даже открытым окно? Пусть там будет холодно... Бывает, делаешь что-то и не думаешь о последствиях, например, идешь в расстегнутом пальто по улице, когда на улице мороз, а потом лежишь неделю дома с температурой.

Кажется, именно сейчас у меня было такое состояние. Я заболела им и не была уверена, что существует лекарство, способное мне помочь. Я не хочу, чтобы тот вечер в театре заканчивался! Он длится уже, наверное, неделю.

А может, дольше? С Сойером так быстро летит время... Глаза зеленого цвета и очень грустная улыбка. Я бы даже сказала, не зеленого, а изумрудного, как у драконов в сказках. А еще мы постоянно составляли «списки» — дурацкие и простые. Он сказал, что этому его научил отец.

— Зои, знаешь, что я в тебе люблю? Твои вечно холодные руки... Греть их — одно удовольствие.

Я заболела им и не была уверена, что существует лекарство, способное мне помочь.

АЛЕКСАНДР ПОЛЯРНЫЙ

Твои слова про то, что у тебя нет забот и дел, что тебя не интересует, включен ли чайник на кухне и какой сейчас курс валют.

Твои глаза.

Твои руки. За то, что они так трепетно перебирают мои волосы, когда я читаю тебе вслух. Твоя забота...

— А что тебе во мне не нравится? — с небольшой иронией в голосе спросила я.

Сойер на минуту задумался и ответил:

— Твои глаза. Потому что они такие грустные, когда мы молчим.

На улице шел дождь, и мы не выползали из-под одеяла почти весь день...

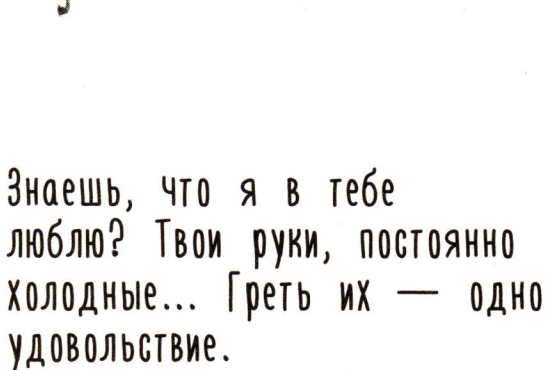

Знаешь, что я в тебе люблю? Твои руки, постоянно холодные... Греть их — одно удовольствие.

День 11-й

Сойер

Мы вышли из дома. Свежий, уже слегка морозный воздух пробирался в легкие, создавая волшебное чувство предвкушения зимы. Мне было приятно, что я не один. Рядом со мной — прекрасная девушка в черном пальто, укутанная в красный шарф. Она улыбается, и мне хорошо.

Мы все же решили зайти в лавку сладостей Борли Минтла. Само заведение было похоже на пряничный домик из сказки. Все такое сладко-сахарное... У прилавка стояла семья. Как обычно, дети в таких местах плохо себя ведут. И этот ребенок не был исключением. Я не люблю слезы, особенно детскую истерику, громкий рев метров на пятнадцать вокруг.

МЯТНАЯ СКАЗКА

И еще в магазине стоял мужчина, странно поглядывавший на нас. Кажется, его тоже немного раздражали плач и возгласы бегавших кругом детей. И было похоже, что он кого-то ждал, стоя в сторонке с большим свертком в руках.

Зои купила два стаканчика мятного капучино, и мы направились пешком к центру города.

Чем мы занимались весь день?

Гуляли.

Пили много кофе.

Видели разных людей.

АЛЕКСАНДР ПОЛЯРНЫЙ

Дышали морозным воздухом.

Пробовали духи на ярмарке парфюмерии. Удивительное место! Казалось, там были собраны запахи со всего мира. Да-да, буквально со всего...

А вечером купили билеты в кино и проболтали весь фильм. Когда мы вернулись домой, я скинул с себя уличную одежду и решил прилечь на несколько минут.

Все тот же 11-й день

Зои

Вернувшись домой, Сойер завалился на диван в гостиной, а я переоделась в свою уютную домашнюю пижаму. Дома лучше, чем где бы то ни было: здесь одежда удобнее, чай вкуснее, рядом родные и любимые люди.

Я решила приготовить нам романтичный ужин: яичницу с базиликом и... все. Еще остался апельсиновый сок. Или Сойер будет мятный чай? Я где-то читала, что мужчинам вредно пить мятный чай. Интересно, почему. Я вернулась в гостиную с подносом, полным еды. А Сойер уже спал. Приятно наблюдать за любимым человеком, когда он спит: сразу чувствуешь любовь к нему. Укрываешь его теплым одеялом, целуешь в лоб, чтобы спалось слаще, стараешься вести себя как можно тише. Я не заметила, как уснула рядом. Хотя кто замечает, когда он засыпает, верно?

Всю следующую неделю я буквально провела у нашей кровати. Сойер заболел: красное горло, кашель, температура под 39. Я лечила его, а он по-детски смущался… Мужчины любят, когда о них заботятся, но Сойер оказался очень стеснительным.

Дома лучше, чем
где бы то ни было:
здесь одежда
удобнее, чай вкуснее,
рядом родные
и любимые люди.

Приятно наблюдать за любимым человеком, когда он спит: сразу чувствуешь любовь к нему.

День 17-й

Каково это — быть Романтиком с большой буквы?

Я получаю кайф от того, как она быстро говорит, когда нервничает, от аромата ее духов на моей коже. Зои прекрасна «по умолчанию». Она очень внимательно слушает все, что я ей рассказываю, хотя многие темы пытаюсь обойти. Например: «Где твоя семья сейчас?», «У тебя много друзей?». У меня огромный список этих «не было» и «нет», так что иногда я просто делаю вид, что не слышу вопроса.

А еще я боюсь, что она увидит во мне кучу недостатков. Я знаю, что когда-нибудь расскажу обо всем, но не сейчас. Не хочу отпугивать ее, чтобы она жалела меня, мне это не нужно. Только не сейчас, это точно.

МЯТНАЯ СКАЗКА

Поздняя осень под медленный вальс опавших листьев. Она повторяет, как важно тепло одеваться в такую погоду. Пара чашек чая в ближайшей кофейне на углу и прогулка за руки до позднего вечера...

День 25-й

Помню тот день, когда она впервые уехала от меня к себе домой.

Весь день я не знал, чем себя занять. Зои пообещала, что приедет вечером, но я боялся, что она передумает и не вернется...

Я решил разобрать чердак, который за одиннадцать лет моей жизни в этом доме ни разу не убирал, и там накопилась целая гора всякого барахла. Я поднялся по старой скрипучей лестнице, отворил дверь ключом, который всегда был вставлен в замочную скважину, и шагнул в темноту. Посередине комнаты стоял письменный стол, кругом были разбросаны листы бумаги, исписанные непонятным почерком. На столе стояла старая клетка для птиц, под столом — небольшой сундук, а рядом — два запечатанных ящика и картина с изображением женщины в плаще. Я по-

МЯТНАЯ СКАЗКА

дошел к столу, взял в руки тетрадь, покрытую толстым слоем пыли, открыл ее и пробежал глазами по первым строкам: «Посвящается Пирату, Марте, Кнопе, Вильмонту и Патриции — тем, кто не покидал мое сердце ни на минуту». Стал читать дальше: «Если вы готовы прочитать увлекательные и поистине загадочные истории, то отбросьте все свои дела, сядьте куда-нибудь в укромный уголок, где вас не будут отвлекать, и я поведу вас намного дальше, чем вы можете себе сейчас представить».

Как-то раз я стал случайным свидетелем одной ссоры в магазине сладостей, название которого я, к сожалению, забыл... Наверное, это был магазин Карла Флоера на проспекте Ледоколов.

Бедная, но опрятная на вид семья стояла в очереди у прилавка. Самый младший мальчик, лет семи, упрашивал маму купить ему взрывные леденцы. Кажется, он получил отказ уже раз десять и теперь плакал.

Дети всегда так делают, во всяком случае, упрямые. Или только невоспитанные? Я довольно плохо разбираюсь в детях, да мне это особенно и не нужно.

На минуту я задумался. Если бы я открыл подобную лавку в бедном квартале этого города, доплачивал бы я продавцу за выслушивание плача детей, ведь они самые частые гости у прилавков со сладостями? Наверное, нет.

От размышлений меня отвлек владелец магазина, пожилой господин с багровыми щеками, в черном цилиндре:

— Д-д-добрый вечер, прошу прощения за задержку! — прохрипел он.

— Добрый... Ничего страшного: пока я ждал, успел насладиться запахом сладостей и детским шумом в этом чудном месте, — чуть иронизируя, ответил я.

— Вы привезли чертежи?

МЯТНАЯ СКАЗКА

Тут он протянул ко мне свои толстые ручищи.

Я отдал ему кипу бумажек, которая стоила намного дороже, чем мне предложили за эту работу. Его глаза заблестели: у жадных людей такое случается каждый день. Он развернулся ко мне спиной, как-то зловеще пробурчав: «Идите за мной». Мы протиснулись сквозь толпу покупателей, стоявших у прилавка, прошли по темному коридору с тремя поворотами, и в конце последнего оказалась дверь. Он отворил ее позолоченным ключом и пропустил меня вперед.

Попав в плохо освещенную комнату, где ничего нельзя было разглядеть, я не испугался. Но тут дверь с грохотом захлопнулась за моей спиной, и я похолодел. Когда мои глаза привыкли к темноте, мне удалось разглядеть пожилого мужчину, старше моего предыдущего спутника. Он сидел за столом посередине комнаты. Небольшая лампа освещала огромную книгу, в которую старик что-то записывал. Пришлось сделать несколько шагов к нему навстречу.

— Добрый вечер! — поприветствовал я его.

Он продолжал писать, ничего не ответив. Тогда я сделал еще несколько шагов и постучал по столу. Старик поднял на меня глаза.

— Оплата? Счет? Поставки? — проговорил он.

— Да нет же, чертежи, — ответил я.

— Ах, да... оплата, — промолвил мой собеседник.

На минуту задумавшись и сверив что-то у себя в книге, он протянул мне мешочек с монетами:

— Четыре золотых и пятнадцать серебряных, как договаривались.

Даже в таком полумраке было видно, как у него блестят глаза. Я присмотрелся и заметил на столе не только книгу, в которой, по-видимому, он вел учет финансов, но и бумаги, покрытые пылью, огромное количество пузырьков с чернилами и клетку, в которой сидел попугай. Он выглядел каким-то потерянным, будто, кроме клетки и пыльных бумаг, ничего не видел в своей жизни. Мне вдруг стало его жалко, и я спросил:

— Красивый попугай, но с виду очень несчастный. Он умеет говорить?

Старик, уже погрузившись в свои бумажки, вяло ответил:

— Не знаю.

Я сказал, что отдам за него золотую монету. Сейчас я немного приукрашу, но глаза у старика заблестели так, что можно было ослепнуть. Так бывает, когда жадному человеку предложить нечто очень выгодное для него.

МЯТНАЯ СКАЗКА

Он резко встал и сразу стал торговаться: «Как, только одну золотую? Это экзотический попугай, из таких далеких краев, что стоит не меньше четырех золотых, а то и вовсе не продается!». Я вернул старику мешочек с монетами, взял клетку, обронив на прощание: «Сдачи не надо...».

Выйдя на улицу, я открыл было клетку, чтобы отпустить бедолагу на волю, но подумал, что место здесь не самое благоприятное. К тому же скоро зима, а это птица экзотическая, еще простудится да помрет...

Читатель! Ты, наверное, ожидаешь, что попугай окажется волшебным и что он озолотит меня в один миг за доброту к нему? И что я стану богачом, а когда те старики узнают о волшебстве попугая, то умрут от зависти? К сожалению, нет...

Попугай оказался обыкновенным: у него были зеленые перья, и родом он был из какой-то экзотической страны. Я вернулся вместе с ним домой и был ужасно горд собой, ощущая себя спасителем: будто я пересек семь королевств и спас принцессу из башни с драконом. Но нет: в клетке у меня был неухоженный попугай, больше похожий на мешок с перьями! «Надо привести тебя в порядок», — проговорил я вслух. И сразу попытался почистить попугаю перья, успокаивая его, но он, похоже, был немного шокирован таким фамильярным обращением. Когда я аккуратно приподнял его левое крыло, то увидел тоненький ремешок, завязанный под ним. Я развязал узелок, снял ремешок и обнаружил небольшую свернутую бумажку. На ней были указаны какие-то координаты и нарисован маленький желтый ключ, а также надпись черными чернилами: «Спасите нас!». Это что, глупая шутка жадных стариков?! Хотя нет, содержание записки не очень похоже на шутку. И кто это писал? Как давно? Может быть, уже слишком поздно?

На следующий день я вернулся в лавку, чтобы расспросить стариков о попугае. Но, подойдя к магазину, я увидел табличку «Закрыто». Долго простоял у входа, но никого не дождался.

Пошел первый снег. Укутавшись в свое серое пальто и завязав потуже шарф, я направился обратно домой.

Зайдя в квартиру, я даже подпрыгнул от неожиданности: до меня донесся голос Зои с первого этажа: «Сойер, я дома!».

Я закрыл тетрадь и спустился на первый этаж.

День 35-й

За окном идет снег, а я вернулась с работы домой, к моему Сойеру. Не представляю себе другой жизни, да и не хочу, наверное, представлять. Последние десять дней мы перечитываем целую гору исписанных тетрадей, которые он нашел на чердаке. Тут множество историй, но все они начинались одинаково: «Посвящается Пирату, Марте, Кнопе, Вильмонту и Патриции — тем, кто не покидал мое сердце ни на минуту».

— Сойер, как ты думаешь, кто она, Патриция? Такое красивое имя...

— А мне больше интересно, кто такой Пират... Не может быть, чтобы человек, который написал все это, дружил с ним. Как-то в голове не укладывается: какие в наше время могут быть пираты?

Сойер сказал мне, что когда-то был знаком с человеком, который писал в этих тетрадях. Но ехать в место,

АЛЕКСАНДР ПОЛЯРНЫЙ

где он жил и мы можем получить ответы, очень долго: почти два дня без остановки. Я так загорелась этой идеей, что уже через день мы отправились в путь — узнать, кто такая Патриция и почему автор дружил с Пиратом.

День 38-й

Мы приехали в тот приют, в котором я когда-то провел первые тринадцать лет своей жизни. Здесь ничего не изменилось: тот же запах, те же скрипящие доски на полу, только детей стало намного больше. Казалось, все было по-прежнему, но я почему-то не узнавал это место. Мы вошли в центральную комнату, где так же стояло любимое кресло мадам Илоны. Дети, бегавшие кругом, — кто с игрушками, кто с книжками, — особого внимания на нас не обращали. Тут бурлила жизнь, маленькая жизнь вдали от огромного мира. В комнату зашла девушка лет двадцати, и к ней тут же подбежал один из мальчиков. Он громко плакал, показывал на свое, по всей видимости, красное горло.

— Все пройдет, успокойся, малыш. Ложись в кроватку, а я тебе принесу чай с лимоном, и мы тебя вылечим. Ты только не расстраивайся...

АЛЕКСАНДР ПОЛЯРНЫЙ

Она заметила нас и, поздоровавшись, спросила: «Чем могу помочь?». У меня немного перехватило дыхание, и я ответил что-то невнятное: «Я, точнее, мы хотели бы увидеть мадам Илону, здравствуйте...». Девушка посмотрела на меня с печалью в глазах и произнесла: «К сожалению, ее уже нет в живых, она умерла два года назад. Теперь о детях забочусь я». Она говорила что-то еще, как будто не давая возможности ответить. Мне было больно...

День 39-й

Мы с Сойером остались переночевать в приюте. Когда дети ушли спать, взрослые сели у камина. Новую воспитательницу звали Лора. Ей было всего девятнадцать лет, но она справлялась со своими обязанностями не хуже, чем мадам Илона, а, может быть, даже лучше. Лора сказала, что попала в приют, когда ей было восемь лет.

Мы беседовали долго, около двух часов. К нам присоединился старый дворник, которому не спалось. Он пил странное пойло из своей фляги и ближе всех сидел к камину. Мальчики с кухни принесли нам жареную картошку и горячий чай. По ночам здесь работали только старшие ребята: они трудились ночью на кухне, чтобы приготовить для всего приюта завтрак.

Я все же осмелилась спросить: «Лора, не знаешь, жила ли тут девочка по имени Патриция?» Она с недоумением посмотрела на меня и покачала головой. А дворник усмехнулся и, выдержав паузу, стал рассказывать: «У одного ребенка, лет тридцать назад, был щенок по имени Патриция. Мальчик очень переживал, когда собачка сбежала, по крайней мере, ему так сказали. Он удирал по ночам и искал ее, но никто из взрослых не осмелился ему даже намекнуть, что кто-то из детей в этом чертовом приюте утопил его щенка в ведре. Мальчик верил, что однажды найдет свою Патрицию, а потом сбежал и не вернулся». «Его звали Джек?» — спросил Сойер. Дворник молча продолжил отхлебывать из своей фляги...

День 40-й

Лора

Сюда, в приют, редко кто заезжает, поэтому Лора была рада познакомиться и поговорить с Сойером и Зои, но они уехали несколько часов назад. Девушка уложила детей спать, убрала разбросанные книжки и игрушки по местам, заварила себе чай.

У Лоры были красивые, немного рыжеватые волосы, милые веснушки весной и чуть печальный взгляд. Она стояла на кухне. В руках чашка чая, а в голове — очередь из тяжелых воспоминаний...

Папа погиб еще до моего рождения. Он был достойным человеком, но не очень везучим. Его застрелили на военной операции — так говорила моя мама. Мы с мамой всегда спали в одной комнате в нашей маленькой квартирке. Маме часто было плохо, и она плакала, а я не знала, чем ей помочь. Когда плакала она, плакала и я. Плач, так же как и смех, может быть заразительным. Она начинала успокаивать меня и сама приводила себя в порядок.

Однажды я вернулась из школы, когда мамы не было дома. Там меня ждал незнакомый дядя, который сказал, что мама попала в больницу и у нее немного болит голова. Когда я навещала маму в клинике, она всегда держала в руках плюшевого зайчика и разговаривала с ним. Она плакала, зажимая в руках игрушку в ожидании, что зайчик тоже начнет плакать и она станет его успокаивать. Кажется, мама называла игрушку моим именем, а меня не замечала. Она жаловалась зайчику, что у нее очень твердая подушка. Я пообещала маме, что достану для нее самую мягкую подушку, которая только существует. Уже и не помню, каким образом я ее тогда думала достать, ведь мне было всего восемь лет. Обещание свое я не успела выполнить: мама умерла через две недели — не знаю, отчего, мне не сказали. Наверное, виной всему была слишком твердая подушка, а ведь у нее так сильно болела голова...

МЯТНАЯ СКАЗКА

Следующие несколько лет я жила в приюте. И однажды написала доктору письмо о том, что тут совсем нет игрушек и я хочу того плюшевого зайчика, с которым играла моя мама в больнице. У меня совсем не осталось вещей из моей прежней жизни. Дома сохранилось много интересных папиных вещей: он хорошо зарабатывал, но мама не хотела продавать ничего из того, что принадлежало ему. Думаю, сейчас эти вещи уже не получится вернуть. Зайчика мне так и не прислали. Фотографий родителей тоже не было, и я начала забывать, как они выглядели. По воскресеньям наша воспитательница, мадам Илона, водила нас в храм, где мы читали молитвы. Я не задавала вопросов, но была обижена на Бога, что он не спас моих родителей. Потом мы возвращались в приют.

Спустя несколько лет умерла наша воспитательница. Я в какой-то момент хотела сбежать из приюта, но как это сделать, когда у одного из ребят помладше болит горло, а другой не поделил машинку с девочкой, которая постоянно плачет?

Я и сама иногда плачу. Жалеть себя легче, чем держать боль внутри…

День 49-й

Идет снег... Это такое утро, которое приветствует тебя снегопадом. Зои спит дома, а я иду в поисках подарка для нее — просто так, без повода. Дарить подарки приятнее, чем получать их.

Я прошел мимо собаки, которая ела у помойки. Мне стало ее немного жаль.

Увидел толпу детей, которые направлялись в школу, мне вдруг захотелось вновь стать ребенком: книжки, тетрадки, учебники — это же так весело и беззаботно!

Я проходил мимо прилавков и ярко освещенных витрин, которые демонстрировали и буквально просили прохожих купить все эти никому ненужные побрякушки.

Я стал думать, не взять ли нам билеты в кино или театр, но это показалось мне слишком банальным. Цветы она не любила... Духи? Запахов слишком много —

МЯТНАЯ СКАЗКА

тут не угадаешь, тем более что от нее и так всегда чудесно пахнет. Надо бы найти что-нибудь особенное...

Купил ей шарф, потом замерз и надел его сам. Я проходил весь день, но так ничего и не выбрал. Возвращаясь, встретил собаку, которую видел утром, у той же помойки: голодная, грязная, замерзшая и несчастная. Забавно получается...

Бывает, мы что-то ищем и не замечаем, что уже это нашли.

Вернулся домой с собакой. Отмыл, накормил, отогрел и оставил у нас. Зои как-то определила, что щенку уже три месяца и что это девочка. Мы назвали ее Патрицией — в честь того щенка, которого искал один очень хороший человек...

Бывает, мы что-то ищем
и не замечаем, что уже
это нашли.

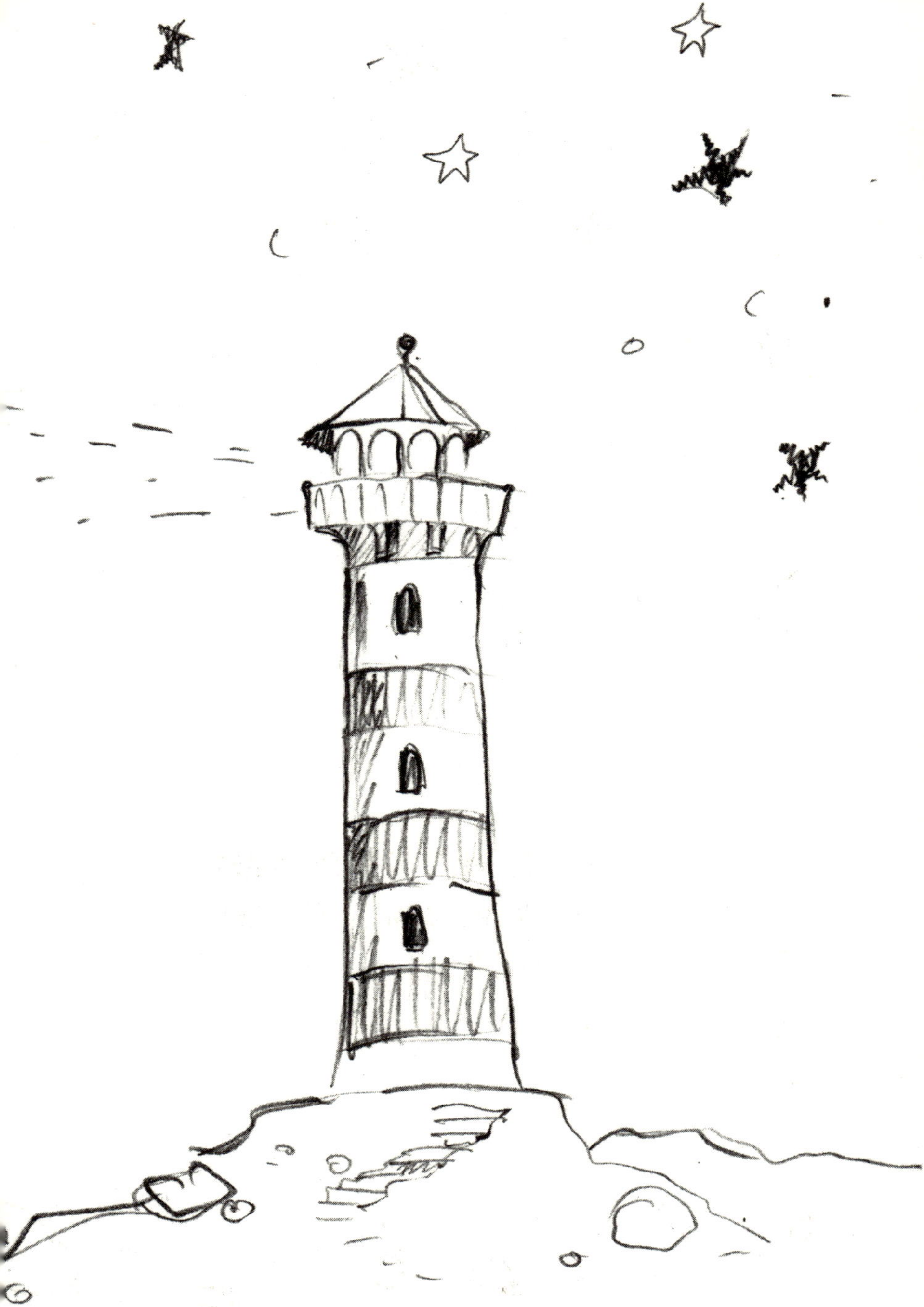

День 54-й

«У меня все хорошо», — повторяла я, стоя уже полчаса перед зеркалом в ванной комнате на втором этаже. Просто бывает так — просыпаешься и думаешь: а зачем тебе все это? Ведь мир такой большой и интересный... Может быть, еще рано в моем возрасте загонять себя в плен отношений? Дом, любимый человек, теперь еще и собака. Есть все, о чем только можно мечтать! Кроме свободы...

Если девушка в двадцать лет в чем-то начинает сомневаться, значит, когда она говорит, что «все хорошо», это означает «все плохо». Многие вещи вдруг стали раздражать меня: например, его забота и любовь. Хочется чего-то совсем другого... Наверное, если кто-то услышал бы мои мысли, он подумал бы, что я сумасшедшая... Как забота и любовь могут раздражать? Поверьте — еще как могут!

Просто бывает так — просыпаешься и думаешь: а зачем тебе все это? Ведь мир такой большой и интересный. Может быть, еще рано в моем возрасте загонять себя в плен отношений? Есть все, о чем только можно мечтать! Кроме свободы.

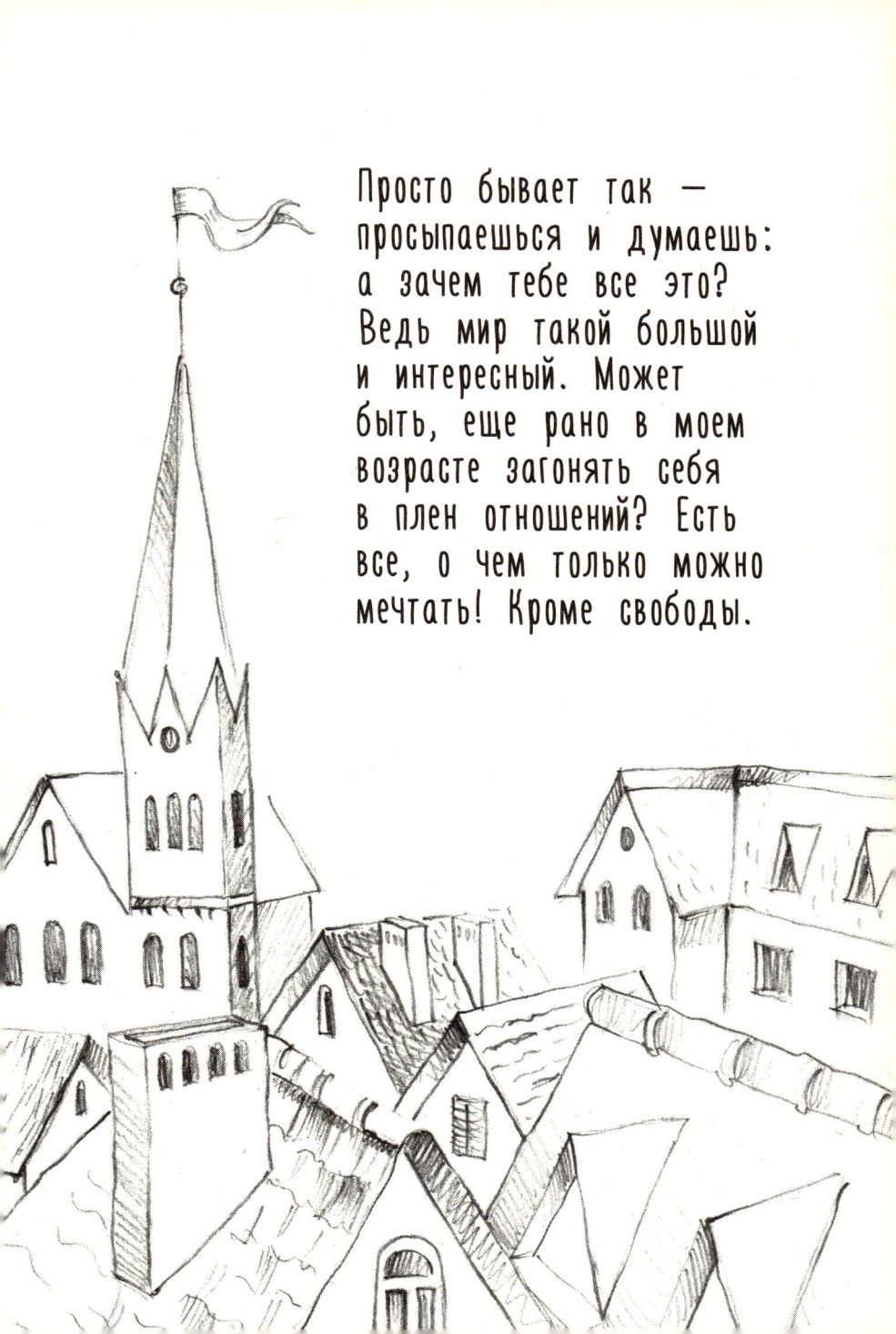

АЛЕКСАНДР ПОЛЯРНЫЙ

Вселенная бывает щедра на подарки или на друзей, но, получая, мы должны что-то отдать взамен... Например, получаешь нового друга — теряешь старого, выигрываешь миллион в лотерее — покупаешь новый большой красивый дом. Вроде бы, ура! Но не забудь, что переезжаешь, а значит, теряешь и вовсе забываешь свою старую квартирку: маленькую, но самую уютную, с массой теплых воспоминаний. Настолько теплых, что с ними не сравнится никакой обогреватель! Так что, когда получишь очередной подарок «судьбы», не сильно-то радуйся...

Сойер все время говорил: «У меня никогда не было своей маленькой квартиры с миллионом теплых воспоминаний. Но знаешь...». А я каждый раз не слушала все то, что он говорит после своего «но». Тот, кто постоянно всем и вся пытается доказать, — несчастный человек... И эти сказки, что оставил ему после себя Джек, оказались обычными «сказками для детей». А может, он их и не оставлял? Это Сойер их нашел — как подарки на Новый год, которые куплены не для него...

Я поехала к себе домой, точнее, пошла. Под ногами хрустит снег, в наушниках — любимые песни, а мягкий шарф обнимает мою шею. Сейчас я наедине с клубком своих мыслей.

МЯТНАЯ СКАЗКА

По пути домой зашла в любимую пекарню, потом за фруктами в лавку на углу улицы Рассветов. Немного замерзла и устала, но наконец-то добралась до своей квартирки на четвертом этаже.

...Через несколько часов поймала себя на мысли, что так хочу вернуться к Сойеру — в его уютный дом с всегда горящим камином, чайником горячего чая, большой гостиной с горой одеял, пледов и подушек...

Потом я обиделась на саму себя, и после нескольких часов, проведенных в одиночестве, мне стало совсем скучно. Написала Сойеру сообщение: «Протерла дома полки от пыли, разобралась в себе и везу себя к тебе домой».

Вселенная бывает щедра на подарки
или на друзей, но, получая, мы
должны что-то отдать взамен.

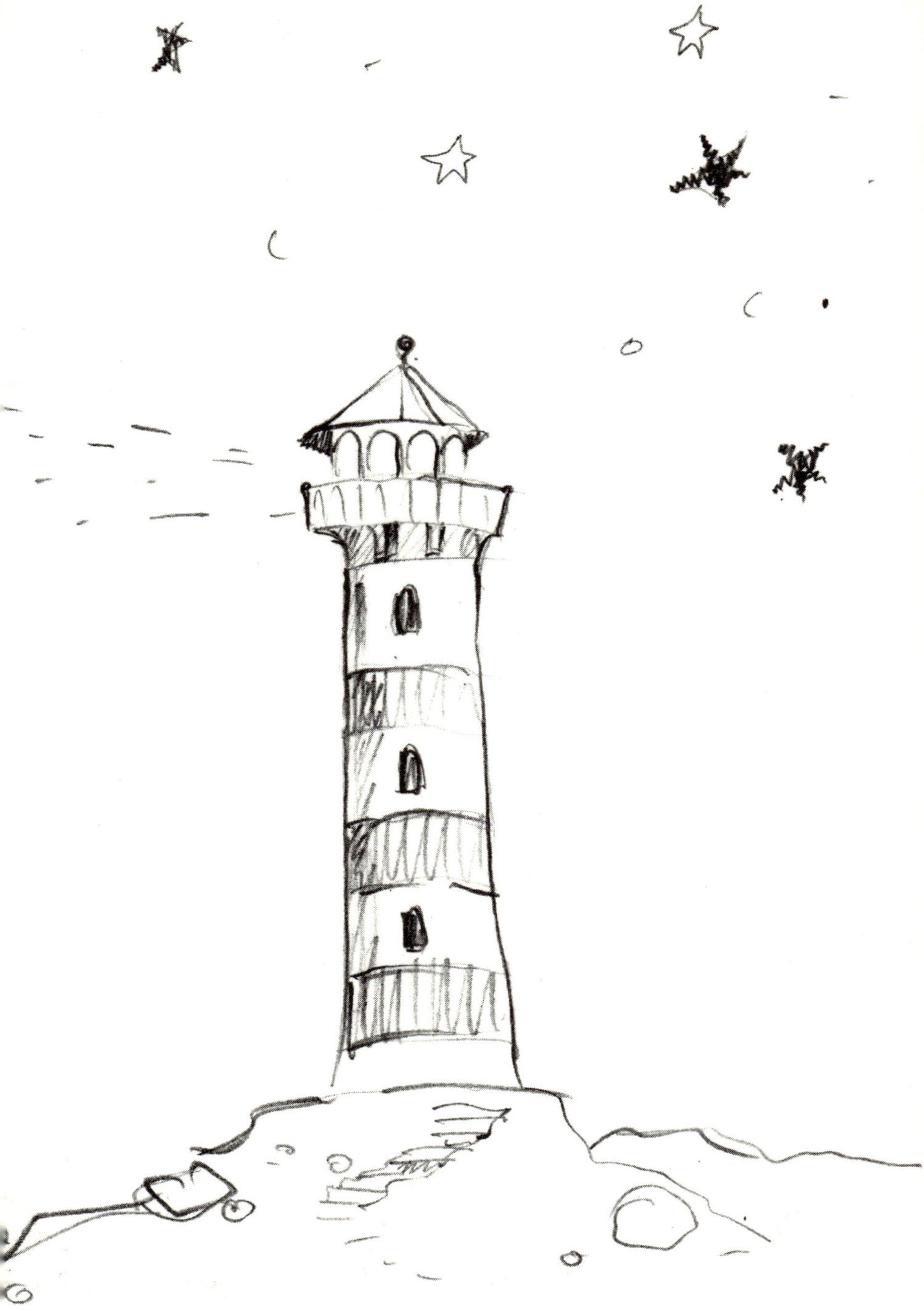

День 56-й

Ничего не произошло.

День 58-й

Ничего не происходило.

День 60-й

Я чувствовал себя немного виновато — не стану лукавить. Я замечал, что Зои становится со мной скучно, чувствовал, что ей одиноко. Мы по-прежнему проводили много времени вместе, но были далеки друг от друга как никогда.

День 70-й

Мы каждый день ссорились, потом обнимались — и это дело обычное. Но Сойер говорил, что мы ненормальные.

АЛЕКСАНДР ПОЛЯРНЫЙ

День 74-й

Она хотела познакомить меня со своими родителями, когда у меня был перерыв между театральными сезонами и на работе можно было не появляться целых три недели. Я как глава семьи заявил: «Перед тем как позовем твоих родителей к себе на ужин, мы сделаем ремонт». Зои посмотрела на меня с улыбкой и ответила: «Может, лучше пригласим их в ресторан? Так будет про...». Не успела она договорить, как я ее перебил: «Нет-нет!». И выдал Зои джинсовый комбинезон, фонарик, большую тетрадь и карандаш. Мы пошли смотреть, в насколько плачевном состоянии находится наш дом. Я громко перечислял: «Дощечки на лестничной площадке заменить!» Зои таким же тоном отвечала и записывала в блокнот: «Дощечки заменить». Потом, еле сдерживая смех, мы шли дальше. У нас не было медового месяца — сразу начался семейный ремонт!

День 87-й

Сойер оказался первоклассным мастером. Мы были по уши в опилках и пыли, перепачкались в краске, но эти две недели были самыми прекрасными в моей жизни. Сойер многому меня научил: к примеру, теперь я умею вбивать гвозди и менять фильтры на водосточных трубах в подвале. Хотите спросить: зачем мне это? Я и сама не знаю, но тогда меня это забавляло...

День 89-й

Я надел свой пиджак, а Зои бегала от плиты к столу и обратно. Ее родители должны были прийти уже через час. Мы достали две лучшие бутылки вина, накрыли стол. В сотый раз я сказал Зои, как она прекрасна.

Сегодня она, правда, перестаралась и сожгла горячее, а потом повернулась ко мне со словами: «Заказывай пиццу!». Через час позвонила мама Зои и объявила, что они не придут: им досталась горящая путевка на море. Мама извинилась раз пятнадцать и заверила нас, что после отпуска они обязательно зайдут в гости. Мы, переглядываясь, стояли посреди отремонтированной гостиной: я смотрел на пиццу, а Зои — на сгоревший ужин. Я рассмеялся: «Море? В январе?» Зои тоже расхохоталась. Взяв кусочек пиццы, она вздохнула: «Ерунда».

День 95-й

Сойер подолгу пропадал на репетициях в театре: у них должна была состояться грандиозная премьера. В перерывах между репетициями он писал мне сообщения. Я читала, улыбалась и скучала по нему. Ждала премьеру: мне очень хотелось увидеть его игру на сцене — как тогда, в день нашего знакомства.

День 104-й

Вечер премьеры... Это всегда торжественная обстановка: кругом огни, много людей, все такие нарядные. Последние минуты до начала спектакля...

За несколько лет работы с актерами я понял одно: все они странные, а многие из них так вживаются в роль, что выйти из своего образа уже не могут. Так случилось и с Эрни — стариком, который уже лет сорок как «застрял» в образе. Перебрал как-то на новогодний праздник, когда играл Санту, и его переклинило на всю оставшуюся жизнь. Теперь ему дают роли только на Новый год. Вот и сейчас он ходил кругами и желал всем счастливого Рождества. «Эрни, сейчас февраль, иди в зал, а то твое место займут», — крикнул ему кто-то из актеров. «Иду, иду», — проворчал Эрни в ответ.

МЯТНАЯ СКАЗКА

В зале слышались разговоры, смех: все ждали, когда начнется спектакль. Вскоре заиграла музыка. Рабочие подняли занавес, потянув одновременно за канаты с обеих сторон сцены. Зрители громко захлопали, но с первой же фразы актера затихли.

«У нашей жизни нет сценария! Но нашелся человек, который готов взять на себя всю ответственность и написать его!» — продекламировал пузатый мужчина невысокого роста.

Сев за стол и взяв ручку, он начал писать в тетради. На сцене появились мужчина с газетой и женщина с книгой. Они сели на скамейку. Мужчина продолжал писать, озвучивая свои действия, а пара, сидевшая на скамейке, следовала написанному им сценарию. Публика в зале умилялась, хохотала и в конце аплодировала стоя.

Толстяк написал очень добрый и забавный сценарий о жизни этих двоих. Без ссор, грусти, измен и расставаний...

Театр — это место, где время летит незаметно... По традиции, актеры после премьеры отправлялись всей труппой в ресторан. С женами, мужьями, друзьями, они заваливались всегда в одно и то же заведение и веселились там до самого закрытия.

АЛЕКСАНДР ПОЛЯРНЫЙ

Зои ждала меня у гримерки. Обняла и сказала, что это был самый прекрасный спектакль в ее жизни. Я ей рассказал, что мы приглашены отмечать премьеру. «Сойер, у меня так сильно болит голова... Поезжай без меня!» — сказала Зои, прильнув ко мне. «Нет, что ты! Я без тебя никуда не хочу, поедем, прошу тебя! Найдем для тебя какие-нибудь таблетки. В ресторане будет весело — обещаю!» — начал я упрашивать ее. Глаза Зои вдруг погрустнели, и она произнесла: «Ладно, мне уже стало лучше оттого, что ты меня упрашиваешь...». Я переоделся, и мы поехали в ресторан «Бочка эля». Тут было много разношерстной публики: какие-то старики за столом у выхода играли в карты, а рядом, за столиком на двоих, сидели девушки и, перебивая друг друга, что-то оживленно обсуждали.

Огромный стол в центре был занят нашей труппой. Мы подсели к ребятам, и официантка сразу принесла нам по бокалу шампанского. Просидели мы там несколько часов: пели хором, рассказывали увлекательные истории, наслаждаясь веселым общением и хорошей компанией.

Но тут Зои шепнула мне на ухо, что очень устала и хочет домой. Я ответил, что еще часок — и мы отправимся.

МЯТНАЯ СКАЗКА

— Со-о-ойер, я правда очень устала...
— Зои... еще немного — и поедем...

Все продолжали веселиться. В какой-то момент я понял, как люблю всех этих ребят из театра. И Зои... Многие парни в этом заведении посматривали в мою сторону с завистью: еще бы, ведь я пришел с такой красивой спутницей! Ребята за столом не хотели нас отпускать, но мы попрощались и первыми покинули ресторан. Вышли на улицу, где начинался снегопад. Мы стояли и ждали такси.

Зои обняла меня: «У тебя чудесные друзья!».

Я обнял ее в ответ. На улице было очень спокойно: только когда выходишь из шумного места, понимаешь, насколько тебе не хватало тишины. Здесь только медленный вальс из падающих с неба снежинок и любимая Зои...

Из ресторана вышел незнакомый мужчина. Постояв несколько секунд у входа, он направился к нам. Подойдя вплотную, он вытащил нож и рявкнул: «Кошелек, быстро!». Я начал шарить по карманам пальто и, найдя бумажник, протянул ему. Он резко выхватил его и ударил меня в нос. Я упал, из носа пошла кровь, Зои бросилась ко мне, но грабитель опередил ее и повалил на землю с криком: «Куда ты побежала, сумку сюда, тварь!». Она закричала, а он несколько раз ударил ее ножом в живот и убежал с ее сумкой. Я бросился за ним, крича, что убью его. Потом рванулся обратно к Зои. У нее изо рта шла кровь, она плакала. «Зои, Зои!» — повторял я. Зои задыхалась от боли и крови, и, посмотрев мне в глаза, она еще раз вздохнула и умолкла. А я продолжал ей кричать, просил, чтобы она вернулась. Какие-то люди начали выходить из ресторана. Я кричал им, чтобы они помогли, а они только молча смотрели...

Глава 4
Пепел вместо сказок

Читатель! Я тебя предупреждал, что это не самая приятная история. Кроме разочарований, в жизни Сойера ты больше ничего не увидишь... Давай я лучше расскажу тебе другую сказку, которая начинается так...

Однажды в одном царстве, в очень далеком государстве, за девять морей и двенадцать лесов, в чаще самого дремучего леса, жила очень дружная семья. Отец был дровосеком, мать занималась домом и огородом, а дети — старший сын Флоренс и младшая дочь Кнопа — помогали по хозяйству. Задолго до первого снега они готовились к зиме: утром отец отправлялся на охоту, а вечером рубил дрова. И каждый раз он обещал сыну, что возьмет его с собой на охоту. Флоренс воинственно затачивал охотничьи стрелы для своего тоненького лука, который сделал ему отец. А Кнопа расчесывала свои длинные светлые волосы и мечтала, когда вырастет, жить в самой высокой башне замка с самым красивым принцем, а из башни будет открываться вид на все окрестные земли и королевства. Она постоянно это повторяла, а мама улыбалась... Как-то раз отец ушел на охоту и не вернулся.

Вся семья сильно горевала, но Флоренс в свои двенадцать лет был уже смелым парнем и заявил, что отправится на поиски отца. Он взял припасов, которых едва хватило бы на два дня, лук и колчан с восемью стрелами. Мать долго не хотела отпускать сына в дремучий лес. Но Флоренс ее не послушался и отправился в путь.

Прошло три дня, но он не вернулся... Тогда мать взяла корзинку, уложила в нее еды на три дня, обняла на прощание Кнопу и пообещала вернуться очень скоро, как только найдет потерявшихся отца и сына.

Прошло шесть дней, но никто так и не вернулся... Кнопа каждый вечер разжигала костер в нескольких шагах от домика в надежде, что тот, кто потерялся, обязательно найдется.

Наступила зима, бережно укрыв все вокруг пышным белым снегом, и грянули морозы. Кнопе стало холодно и голодно: еды едва хватало, а морозы по ночам были настолько сильными, что трещали окна. Однако ей удалось пережить всю зиму в маленьком домике.

Но вот наступила весна. Солнце стало светить ярче, и буквально на глазах зазеленела трава. Кнопа решила отправиться на поиски своей пропавшей семьи. Взяв припасы на пять дней, она пошла по единственной тропинке, ведущей от дома в лес.

МЯТНАЯ СКАЗКА

Шла она целый день, пока не добралась до большого дома, который одиноко стоял среди деревьев. Кнопа постучала в дверь. Ее тут же открыл старик с фонарем в руках.

— Здравствуйте, я кое-кого потеряла и хочу теперь вернуть! Но совсем не знаю, где они, — пропищала Кнопа своим тоненьким голоском.

Мужчина не ответил ей, а только жестом указал, чтобы девочка следовала за ним в дом. Кнопа была совсем неглупой девочкой и знала, что заходить в дом в глуши леса опасно, но желание найти свою семью было сильнее. Она переступила порог, прошла по темному коридору вслед за странным человеком и попала в комнату с жарко пылающим камином, где в кресле сидела толстая старуха и вязала.

— Здравствуйте! Я ищу свою семью. Вы должны мне помочь их вернуть! — выпалила Кнопа.

Старуха с любовью посмотрела на нее и ответила: «Девочка, успокойся, мы сейчас же всех найдем. Ты выглядишь уставшей. Садись за стол, давай я тебя накормлю». Кнопа послушно уселась за стол. Старик подносил ей блюдо за блюдом, и Кнопа быстро наелась. Но стоило ей только заговорить о своей семье, как старушка тут же начинала ее уверять, что сейчас все лягут отдохнуть, а уже завтра отправятся на поиски. Кнопу уложили на большую кровать, где она проспала до самого обеда. А открыв глаза, она увидела, что старуха уже вязала свои шарфы да рукавички.

— Бабушка! Я очень волнуюсь за свою семью!

— Хорошо, девочка, ты только покушай, и мы отправимся в путь, — ласково ответила она.

Кнопа поела и опять уснула, а проснулась уже вечером. Бабушка по-прежнему вязала. Кнопа подошла к ней и сказала, что очень скучает по семье, и та ответила, что утром они обязательно отправятся в путь.

— Утро вечера мудренее, сегодня раньше ложись спать и, главное, не проспи. На улице ветер и дождь. А дома тепло и сытно...

Кнопа уже хотела послушаться старуху, но желание поскорее найти свою семью было настолько сильным, что ночью она сбежала из этого странного места. Девочка почти бежала всю ночь, изредка поглядывая на звёзды. Наконец она вышла из леса, перешла небольшую речку по каменному мостику и пришла к конюшне. Конюшня была старой и заброшенной, но рядом стояла ферма, и яркий свет из одного-единственного окна говорил о том, что там кто-то есть. Кнопа опрометью бросилась к двери и три раза громко постучала. Дверь

МЯТНАЯ СКАЗКА

открыл мальчик лет двенадцати с золотыми волосами. Он удивленно смотрел на нее, и Кнопа первая нарушила затянувшееся молчание:

— Здравствуй, мальчик, милый мальчик, можно зайти к тебе в дом? Я заблудилась, когда искала свою семью, они тоже потерялись, но уже давно...

Мальчик продолжал в растерянности смотреть на Кнопу.

— В-в-входи, конечно... меня зовут Ларри...
— А меня — Кнопа.
— И кого же ты потеряла? — спросил Ларри.
— Папу, маму и брата: они ушли и не вернулись. Мы жили в лесу, в маленьком домике. А сейчас я даже не знаю, как найти дорогу домой. Но зачем мне туда возвращаться одной, без семьи?..

Она вошла в дом, Ларри налил девочке кружку горячего чая и дал кусок хлеба с сыром. В тот вечер Кнопа и Ларри стали настоящими друзьями. Как выяснилось, мальчик жил тут один: он сбежал из дома, от ужасно деспотичного отца. Ларри с грустью сказал, что отец приказал своим слугам его разыскать. Кнопа очень внимательно слушала его рассказ и старалась не перебивать, а мальчик все продолжал свою историю...

АЛЕКСАНДР ПОЛЯРНЫЙ

— Мою маму погубил злой колдун, который живет где-то в дремучем лесу. Она давно умерла, и я очень скучаю по ней, — печально промолвил Ларри. — Когда я вырасту, то сожгу весь лес, найду колдуна и отрублю ему голову. Если твоя семья затерялась в лесу, то я уверен: это дел рук колдуна. Все жители в округе знают, что одному в лес идти нельзя.

— Ларри, ты должен помочь мне отыскать моих родных, пожалуйста, — стала умолять его Кнопа.

— Я обещаю...

В этот момент дверь с грохотом распахнулась, и в комнату ввалились двое мужчин в доспехах.

— Ах вот ты где, негодный мальчишка! Король в ярости, мы ищем тебя по всей округе!

— Я никуда не пойду! — стал сопротивляться Ларри.

— Еще как пойдешь! Барни, хватай мальчишку — и в замок, — приказал рыцарь своему слуге.

— И девчонку — с собой! А за то, что она укрывала принца, ей отрежут руку. Никто не смеет идти против воли короля! — рявкнул Барни.

Детей доставили в замок, и отец наказал Ларри. А девочку, которая не смогла убедить короля в том, что у нее в лесу есть дом и семья, отдали в приют, обозвали вруньей и беспризорной сиротой. Кнопа по

МЯТНАЯ СКАЗКА

ночам плакала, а днем работала на хозяйку приюта. В эти моменты она была самым несчастным ребенком в окрестных землях...

Шли годы, Кнопа повзрослела. Поговаривали, что Ларри искал ее. Но суровый и беспощадный король отказывался говорить сыну, куда отдали его подругу.

...Прошло почти десять лет, а Ларри все не забывал данное им обещание: он должен помочь Кнопе найти ее семью. За эти годы мальчик окреп и стал настоящим рыцарем. Наконец настал момент, когда отец Ларри все-таки смягчился и рассказал ему, куда отправил Кнопу. Ларри немедленно оседлал коня и поскакал к приюту, но там его ждало сильное разочарование: старая хозяйка призналась, что две недели назад Кнопа ушла оттуда и искать ее нужно далеко на севере.

Ларри снова отправился на поиски. Он сжег на своем пути дремучие леса, где жили колдуны и чудовища, пересек несколько морей, покорил не одну гору и даже сражался с драконом, который охранял башню с неизвестной ему принцессой. Но все поиски оказались тщетными...

На второй год странствий Ларри встретил колдуна, который...

Читатель!
Я могу рассказывать тебе эти сказки очень долго... Но я пообещал тебе рассказать историю Сойера до самого конца, какой бы печальной она ни была...

День, не знаю, какой

Я избил ее отца. Он сказал, что я недостоин был ее любить, раз не в состоянии защитить...

Бросался под колеса машин. Напивался в стельку и валялся пьяный на дорогах, в каждом дворе. Кидался на прохожих. Разбивал руки и голову в кровь. Меня били. А я бросался опять. Не знаю, почему еще не умер...

И вот я заболел и в температурном бреду не хотел выздоравливать, потому что привык, что лекарства заставляла меня принимать Зои.

Она погибла из-за меня! Каждая мысль о ней отдавалась ударом в груди, каждое воспоминание обжигало... Сотни раз я прокручивал в голове события того вечера. Я злился на себя, не мог пережить это и справиться с нахлынувшими воспоминаниями. Представлял, что она вышла в магазин за чаем и вот-вот вернется. Ждал час, два, но она не возвращалась... Иногда мне вдруг чудилось, что она спешит домой с работы. Лежал с закрытыми глазами и ощущал запах Зои на подушке...

Кто-то когда-то сказал: «Пытаться забыть — значит постоянно помнить». А я не хочу забывать. Хочу помнить...

Я ничего не ел. Вы когда-нибудь были сыты болью? Когда в горле комок и совсем не можешь есть. Одно и то же...

Через неделю подушка уже не пахла ее духами. Написал Зои сообщение: «Я купил духи, как у тебя, на-

Кто-то когда-то сказал:
"Пытаться забыть —
значит постоянно помнить..."
А я не хочу забывать.
Хочу помнить.

Я купил духи, как у тебя,
настолько по тебе скучаю.
Как дурак брызгаю их
на все вещи. Иду по улице,
закрываю глаза
и представляю,
что ты рядом.

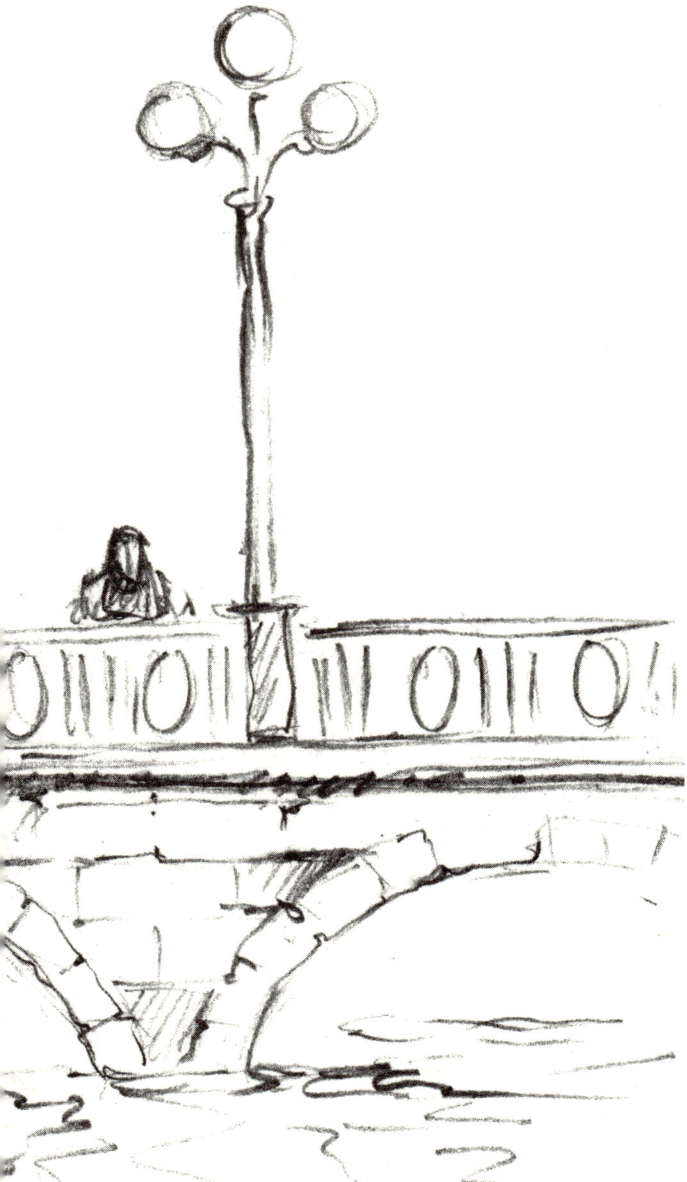

столько по тебе скучаю. Как дурак брызгаю их на все вещи. Иду по улице, закрываю глаза и представляю, что ты рядом...». Знаю, что она не получит это сообщение, но так мне хоть немного легче.

Я снова устроился работать в театр, мне давали те же роли, что и раньше. Но играю я теперь паршиво, слова забываю, руки трясутся: не знаю, это говорит во мне неуверенность или алкоголь.

Алкоголь... Оказывается, с бутылкой красного вина жалеть себя намного приятнее. А еще я понял, что если много пить, то становишься похож на бездомного. Пару дней назад, выходя из дома, я не закрыл дверь. Вернулся через час, а Патриция сбежала. Видно, ей стало плохо, и она пошла следом за мной, но обратной дороги не нашла. Я жутко расстроился и бросился ее искать. У меня не было фотографии, чтобы повесить объявление о пропаже собаки на улице, и я не знал, какой она породы. Я стал спрашивать у прохожих, не видели ли они маленькую собаку, но люди почему-то сторонились меня: наверное, потому что выглядел я как бездомный...

Теперь и родной дом кажется мне чужим. Потому что дом там, где есть ты...

День 426-й

...На палубе ледокола «Северный ветер» стояли трое мужчин и молча смотрели в кромешную тьму. Один из них был капитаном, а двое — обычными матросами. Они стояли тут довольно долго, и матросы изредка нервно переглядывались между собой.

— Сообщите всему экипажу, — выдавил наконец усатый капитан.

— Но, капитан... — начал было возражать один из матросов.

— Выполнять! — рявкнул капитан.

Те побежали выполнять приказ. А капитан продолжал стоять на холодном воздухе. Его корабль уже два дня как застрял во льдах: произошла поломка основного двигателя и системы отопления судна, и они в буквальном смысле слова превращались в лед. Погодные

Теперь и родной дом кажется мне чужим.

Потому что дом там, где есть ты.

условия мешали добраться до них спасательной группе. Экипаж из 173 человек оказался в ловушке: они были одни за сотни миль от цивилизации.

Почти все собрались в столовой и ждали горячую похлебку, над которой кок и трое его помощников колдовали полдня. Накормить 173 человека, да еще в таком диком холоде, — настоящее испытание для повара-новичка. Это был его первый рейс — и сразу такой трагически неудачный...

Команда на корабле еще не подозревала, что спастись не удастся. Два матроса по приказу капитана пришли, чтобы сообщить эту ужасную новость. Один из них, выйдя в центр кают-компании, громко произнес: «Помощи не будет — нам сообщили, что спасатели не доберутся до корабля при таких сложных погодных условиях». Все выслушали новость молча, но через мгновение готовы были разорвать вестника.

— И что мы будем жрать? Крыс по подвалам ловить в минус пятьдесят? — заорал толстый мужик в грязной тельняшке.

— Где капитан? — продолжали возмущаться в толпе.

В этом шуме и неразберихе только один парень был спокоен: он тихо сидел за столом и бережно выводил

МЯТНАЯ СКАЗКА

букву за буквой на бумаге: «Дорогая Зои, я знаю, ты не прочтешь это письмо. И, пожалуйста, не подумай, что я сумасшедший. Я просто очень скучаю по тебе и нашей собаке. Надеюсь, она нашла себе более ответственного хозяина. Я хочу многое изменить, но, мне кажется, времени у меня осталось не так много, как хотелось бы. Еще хочу извиниться перед твоим отцом. Он прав: я был тебя недостоин, и, более того, скучать по человеку, которого больше никогда не увидишь, — это ужасно несправедливо». Сойер поставил точку в письме, взял у кока тарелку с похлебкой и подумал: «А ведь почти у всех, кто на корабле, есть семья, родственники, друзья, которые будут горевать».

Быстро доев свою порцию, Сойер вышел из кают-компании с взбешенными членами команды, направился в свою каюту, залез под одеяло и попытался заснуть. Уснуть в таком холоде очень трудно: даже в двух свитерах и теплых шерстяных носках согреться было невозможно. Легче засыпать, когда мечтаешь: мысли медленно убаюкивают тебя.

Сойер заснул и даже не подозревал, что где-то там, на небесах, за ним наблюдает его ангел — Зои. Когда во сне ему стало очень холодно, она прогнала все ледяные ветра; когда он бросался под машины, напивался, лез в драки — она всегда оберегала его. Разве может существовать такая любовь? Даже после смерти такая сильная, любовь навсегда? Наверное, Сойер просто замечтался, и все это было неправдой, сном. Но сейчас он спал крепче всех на свете.

Наутро как по волшебству шторм утих, ветер прекратил бушевать и, кажется, даже воздух стал теплее. Могу сказать одно: все, к счастью, обошлось. Спасательная группа вовремя эвакуировала всех, и ледокол «Северный ветер» остался во льдах в гордом одиночестве.

Скучать по человеку, которого больше никогда не увидишь, — это ужасно несправедливо.

Легче засыпать, когда мечтаешь: мысли медленно убаюкивают тебя.

Совсем другой день

Прошло немало времени... Мне стало известно, что Сойер побывал во многих уголках земли: от льдов Антарктиды до берегов Африки. Поговаривают, что он был даже в странствующей труппе актеров одного известного цирка. Но, скорее всего, это лишь слухи. Я точно знаю одно: спустя несколько лет Сойер вернулся в родной городок, в свой заброшенный дом. Получив опыт и заработав шрамы, он наконец переступил порог своего дома и набрал полные легкие воздуха, пыли и воспоминаний.

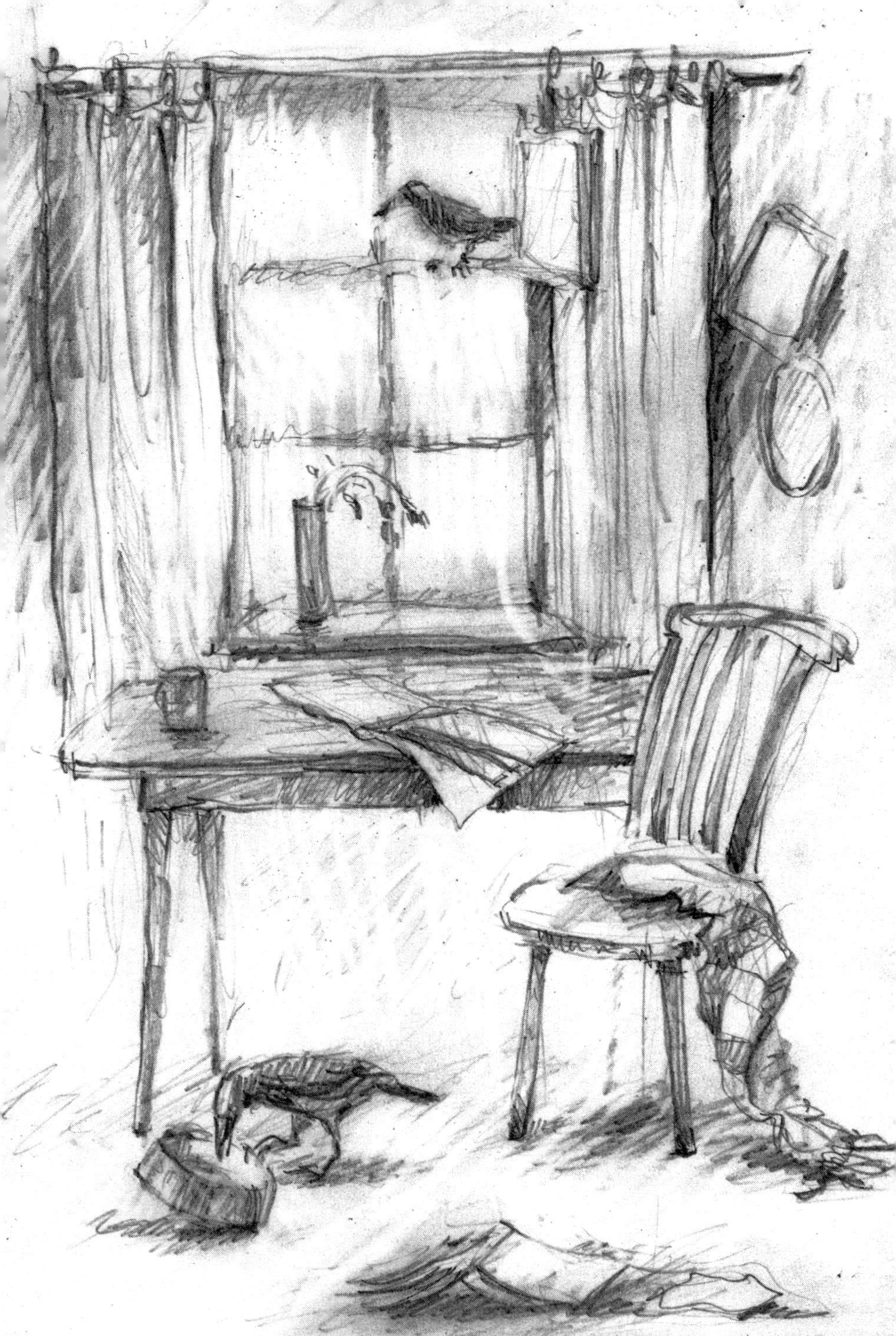

Выгуливая одиночество

Я закрыл за собой дверь, скинул зимнюю куртку прямо на пол и медленно прошелся по дому, поняв, что тут ничего не изменилось: стало лишь очень пыльно и холодно. Видимо, в доме отключили отопление. Зашел в гостиную: раньше мне казалось, что здесь было намного уютнее. Куда-то подевались все одеяла и подушки. Или я их выбросил — уже не помню... Прилег на свой любимый диван, закрыл глаза и заснул. Проснулся от холода, мысли в голове теснились и выгоняли меня из дома. Я вышел на улицу без цели, просто выгулять свое одиночество. Появилось время подумать обо всем. Что же делать дальше? Ведь не может вот так просто, без цели, жить человек?! Довольно интересно получается: мы приходим в жизнь абсолютно нищими, верно? Или нет? При рождении мы получаем

МЯТНАЯ СКАЗКА

маму и папу — это самое ценное, что у нас есть. Мне снова стало горько, ведь мои родители попросту выбросили меня. Интересно, кем они были? Всегда неловко об этом думать: ведь так хочется гордиться своими родными, например, говорить, что твой папа — полицейский, а мама — врач. Но когда тебя оставили на пороге детдома, трудно поверить, что твои родители были достойными людьми. Тут я вспомнил о поступке Джека, хотя прошло уже столько лет! Я до сих пор помню тот вечер, когда он приехал в приют с огромным ящиком конфет и забрал меня в свой дом, в свою семью, к Марси...

Все эти годы я не понимал, почему Джек хотел взять ребенка из приюта, а не завести своего. А сейчас осознал: настоящий мужчина знает, что приюты полны детей, у которых нет семьи, и эти ребята не виноваты в том, что их родители — подлецы. И я решил, что у меня не будет своих детей до тех пор, пока детские дома будут переполнены брошенными и никому не нужными малышами...

Вы знаете, что приятнее дарить, чем получать подарки? Это похоже на «правило спасающего»: спасатель, только что вытащивший из воды тонущего человека, радуется больше, чем потерпевший.

АЛЕКСАНДР ПОЛЯРНЫЙ

Мне ли не знать, что такое жить в приюте?! И я решил поступить так же, как Джек: прямо сейчас поеду в приют и заберу к себе ребенка. Обучу всему, что умею, буду заботиться о нем как о самом близком человеке. Нет! Возьму сразу двоих! Чтобы им не было скучно со мной... А еще, когда они пойдут в школу, один сможет защитить другого от обидчиков. Только надо подготовить дом: он сейчас не в лучшем состоянии.

Цель

Целую неделю Сойер отмывал дом, починил крыльцо, разобрал комнату на втором этаже, купил новую мебель, натер все до блеска. И вот дом готов! Сойер отправился к Борли Минтлу, который на заказ сделал ему целый ящик самых вкусных сладостей, каких больше нигде не найдешь. Он сел в машину и с улыбкой до ушей поехал в приют.

...Это были самых долгих два дня в его жизни. Дорога изматывала, а Сойер спешил. Время тянулось, а он ехал вперед без остановок.

В голове засела мысль: я хочу быть похожим на Джека — не внешне, конечно, а своим поведением: таким же смелым и честным, каким когда-то был он.

Стал думать о Зои: как сильно я скучаю по ней и как она гордилась бы моим поступком. Наверное, в мире больше нет такой, как Зои... Никогда не пони-

АЛЕКСАНДР ПОЛЯРНЫЙ

мал людей, которые встречаются со своими однокурсниками, коллегами, бывшими одноклассниками. В мире более семи миллиардов человек, а кто-то берет в жены девушку, работающую с ним, за соседней кассой. Да что уж там! Я твердо убежден, что в мире нет второй Зои. Когда же я перестану тосковать?

Мне говорили, что все пройдет, уляжется, забудется, но нет, не прошло, стало только больнее. Наверное, всей жизни не хватит, чтобы мне стало хоть чуть-чуть легче... Если я полюбил, то это — навсегда. Говорят, что бывает и так: разлюбил. Но я не поверю,

Мне говорили, что все пройдет, уляжется, забудется, но нет, не прошло, стало только больнее. Наверное, всей жизни не хватит, чтобы мне стало хоть чуть-чуть легче.

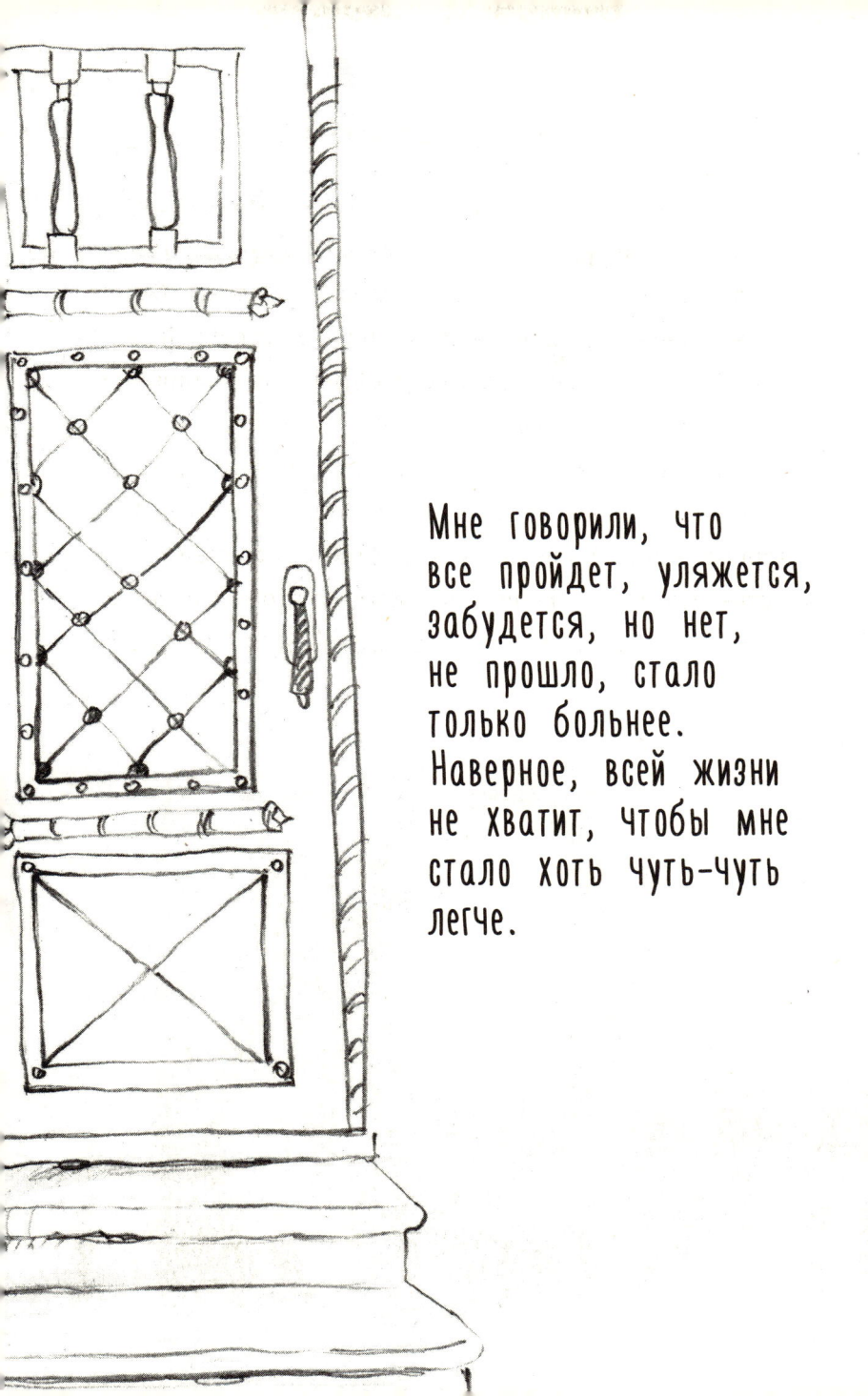

АЛЕКСАНДР ПОЛЯРНЫЙ

что тот, кто мог разлюбить, когда-то по-настоящему любил! Для людей зона комфорта — это два выходных в неделю, нелюбимая жена и кредит за холодильник. Я боюсь такой жизни. Хотя дела сейчас у меня еще хуже, но я буду стараться, и все в итоге будет хорошо. Или не будет...

Говорят, что бывает и так:
разлюбил. Но я не поверю,
что тот, кто мог разлюбить,
когда-то по-настоящему любил!

Глава 5

Глава 5
Сахарная вата

Снегопад

Маленький мальчик в очках в тонкой железной оправе сидел за первой партой, которая стояла ближе всех к учительскому столу. Это было самое нелюбимое место пятиклассников. Но этот мальчик, которого, кстати, звали Митч, специально выбрал такое место, чтобы быть ближе к скромной девочке за соседней партой. У нее были красивые длинные темные волосы. Она была молчаливой, чем привлекала Митча еще больше. За первыми партами сидели только отличники, а она, несомненно, была из их числа. Зазвенел звонок, и все стали выбегать из класса. Почти всех детей встречали родители на машинах, припаркованных на школьной стоянке. И только одна скромная девочка, сидевшая за первой партой, неспешно укладывала тетрадки в свой зеленый рюкзак.

АЛЕКСАНДР ПОЛЯРНЫЙ

Иногда очень трудно заговорить с девочкой, но Митч точно знал, что сегодня он осмелится и предложит ей погулять после уроков.

— Привет, Ника!

— Привет, Митч!

Они улыбнулись друг другу, и Митч торопливо начал говорить. Они дошли до школьного автобуса и вместе сели в него. Иногда дружба начинается так внезапно! Ребята и не заметили, как доехали до нужной остановки, проговорив всю дорогу без умолку, — болтали обо всем на свете.

— Можно тебя проводить? — вызвался Митч.

Ника улыбнулась и сказала:

— Я живу довольно далеко отсюда...

— Ну и что? Хочешь, я расскажу тебе, как мы с папой строили дом на дереве в прошлом году?

— Ого! У тебя есть свой домик на дереве? — искренне удивилась Ника.

Разговоры детей — это своего рода пересказ фактов из их жизни. Кому какую игрушку купили, у кого папа работает пожарным и так далее. Но эти двое, разговаривая всего пару часов, уже знали самое важное друг о друге.

МЯТНАЯ СКАЗКА

Ника, оказывается, приехала сюда с семьей из далекого восточного города, название которого никто не мог произнести, такое оно было заковыристое. А Митч свои первые пять лет жизни провел в детском доме — до того момента, пока папа не забрал его к себе домой.

Дети шли под тихим снегопадом. У Ники от мороза порозовели щеки, а Митч совсем позабыл о том, что обещал отцу вернуться сразу после школы. Митч никогда не слушал своего отца, когда разговор заходил о правилах. И домой всегда приходил намного позже. Бывало, он часами гулял один, а потом выслушивал целые лекции: что он еще ребенок и должен слушаться отца. А Митч был уже взрослым! Во всяком случае, он себя считал таким.

Дети дошли до необычного двухэтажного домика с забавным почтовым ящиком у входной двери. Ника остановилась, обняла мальчика и сказала: «До завтра! Спасибо, что проводил...». Митч с улыбкой попрощался и в хорошем настроении направился домой. Идти ему нужно было час, а то и больше. Ветер усиливался, а снегопад превращался в снежную бурю. Но двигаться было легко: ветер поддувал в спину, и Митч только ускорял шаг. Свежий снег звонко хрустел под ногами, а мысли о новом друге согревали его, как теплый свитер или шарф.

Митч смотрел, как мимо проезжают машины. И куда только они несутся в такую погоду? Куча машин и людей, и все куда-то спешат. «Первым делом, когда приду домой, расскажу папе про Нику, и про школу, и про снегопад, про все расскажу», — подумал Митч, продолжая идти. Шел он долго и думал о многом, даже успел помечтать. О кружке горячего какао, теплых шерстяных носках и о том, чтобы поскорее закончился день, ведь завтра в школе он увидится с Никой.

Митч свернул с улицы в сторону парка: так можно быстрее добраться до дома. Парк в это время года почти всегда пустовал: никто не хочет сидеть на морозе на скамейке, когда через дорогу полным-полно разных кафешек и других мест, где можно согреться. А Митчу это место было по душе. Укрытые снегом деревья, свежий воздух и никого, кто может оторвать тебя от размышлений по пути домой. Когда мечтаешь, зачастую не смотришь под ноги, взгляд все время устремляется куда-то вверх, к небу. Ветер становился сильнее, а из-за снега трудно было видеть, что впереди.

Митч оступился левой ногой и, поскользнувшись, провалился куда-то вниз. Он упал в открытый люк

МЯТНАЯ СКАЗКА

водосточной канавы и сломал ногу. Мальчик попытался встать, но застонал от боли. Глаза заслезились от тяжелого запаха, его затрясло от холода. Он попытался вылезти, но тщетно, звал на помощь, но никто его не услышал. Ему ничего другого не оставалось, как только тихо плакать.

Неизвестно, сколько еще прошло времени, но Митч заснул. Говорят, если забыться сном на морозе, то можно не проснуться. Но все счастливо обошлось: мальчика нашли. Спустя шесть часов, с обмороженными пальцами рук, переломанной ступней и огромными испуганными глазами...

Отец мальчика, Сойер, просидел двое суток у его кровати в больнице имени Святого Патрика...

Когда мечтаешь, зачастую
не смотришь под ноги, взгляд
все время устремляется куда-то вверх,
к небу.

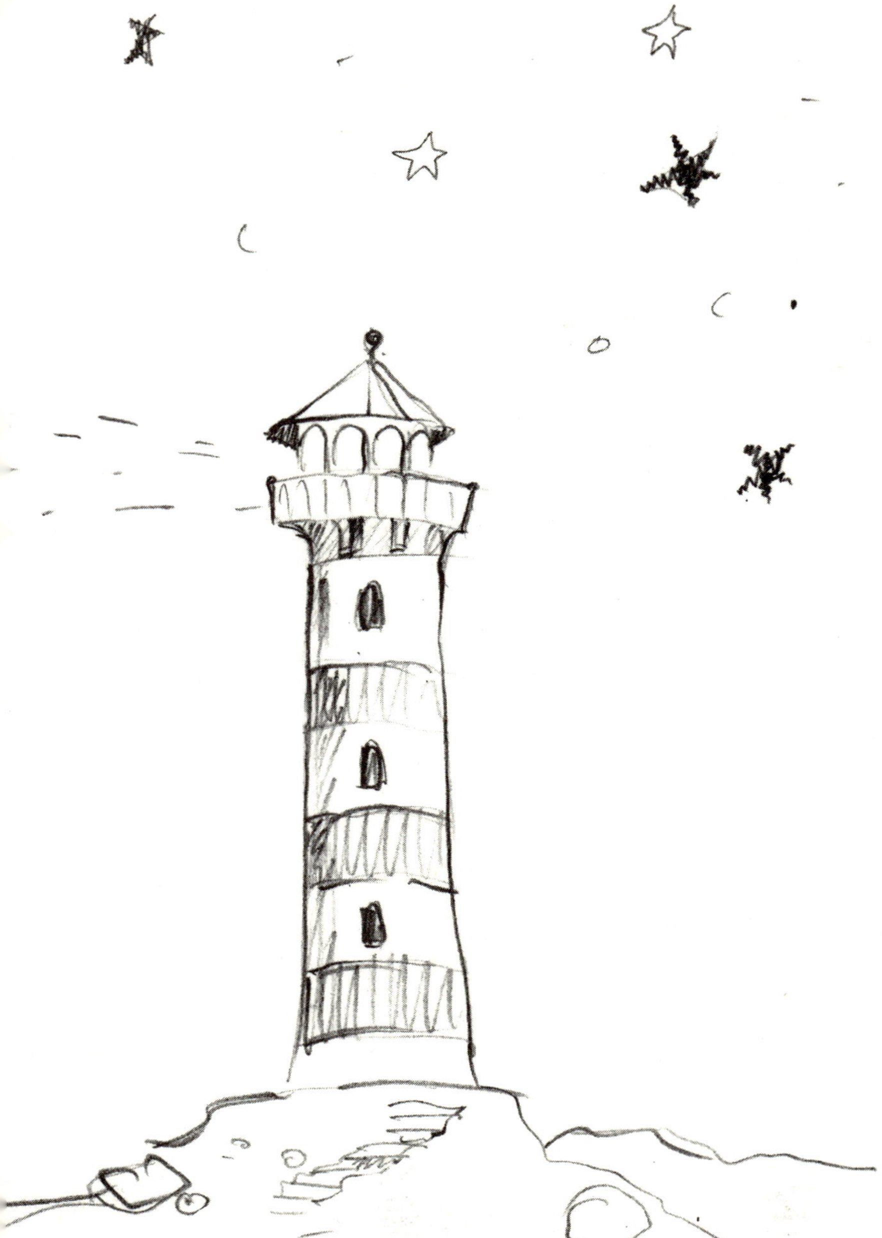

Банановое капучино

В самом углу маленькой кофейни за столиком сидели двое: девушка и юноша. На вид им было лет по семнадцать. Они что-то горячо обсуждали. Пахло корицей, ванилью и ароматом духов, а приятное освещение придавало особый уют этому кафе.

Подростки, а это были Митч и Ника, пили кофе и рассматривали целую стопку фотографий, которые сделал Митч.

— Вот эта очень крутая, — сказала Ника, указывая пальцем на один из пленочных снимков.

— Это «кодак 400», я сам проявлял эту фотографию, — с гордостью ответил он.

— Еще эту нужно отправить, — добавила Ника, передавая карточку, на которой была запечатлена замерзшая река.

Митч, смутившись, задумался.

МЯТНАЯ СКАЗКА

— Да брось, — начала уговаривать его девушка, — ты обязательно поступишь. У тебя великолепные снимки. Как только в этой чертовой фотоакадемии получат твои фотографии, они сразу заметят твой талант. Иначе и быть не может!

Митч обнял ее так, как обнимают лучших друзей. И они увлеченно продолжили выбирать лучшие кадры.

Мятный чай

— Ты обещал! — крикнул Сойер.

— Отец, не начинай, — отмахнулся от него Митч, спускаясь по лестнице на первый этаж дома.

— Ты всегда делаешь все мне назло, — продолжал Сойер, следуя за сыном.

— Черт возьми, отец, мне двадцать лет, сколько можно оберегать меня?! — раздраженно крикнул Митч.

— Потому что ты уходишь, а я не могу заснуть ночью, думая, где ты и как ты! Почему ты не можешь никак успокоиться? — словно упрекая, сказал Сойер.

— Ты самый отвратительный отец в мире, лучше бы я тогда остался в детдоме, — бросил Митч и вышел на улицу, демонстративно хлопнув входной дверью.

Треснувший лед

Более тридцати лет Сойер ходил в море. До того момента, пока медкомиссия не запретила ему выходить в рейсы по состоянию здоровья. Требования стали более жесткими, и Сойера отправили на пенсию. Сразу появилось много свободного времени. Давно он не сидел дома вот так, один на один со своими мыслями. Сын давно уехал, огромный дом был снова полностью в его распоряжении. Цели в жизни не было, настроения — тоже. Оставалось только стареть…

Птичье гнездо

Изредка приходят открытки от сына.
По утрам хожу в парк кормить уток хлебом. Захожу в лавку Борли Минтла попить вишневый сок.
Днем сплю.
Вечером пью чай.
Перечитываю давно забытые сказки.
Ночью сплю, иногда.

Горький шоколад

Сойер сел за письменный стол, держа в руках потертый от времени белый конверт. Он уже много лет перечитывал одно и то же письмо:

«Привет, пап. Скажу тебе сразу. Я хочу велосипед. И кошку. Кошку буду гладить, а велосипед мне нужен, чтобы я мог далеко ездить.

Ездить далеко, чтобы вернуться, ведь дома ждет кошка. И папа. И горячее какао. А еще я бы хотел извиниться и поблагодарить тебя. За тот случай с люком, когда я провалился, а ты нашел меня. В буквальном смысле достал из-под земли. У меня еще не было таких родителей, которые находили меня дважды. Когда я вырасту и стану богатым, то обязательно сделаю так, чтобы ты никогда ни в чем не нуждался. Твой любящий сын Митч».

АЛЕКСАНДР ПОЛЯРНЫЙ

Старый камин

Думаю о Зои. Мысли о ней помогают мне засыпать. Не было и дня за эти сорок с лишним лет, когда бы я не вспоминал о ней. Уже давно позабыл название духов, которые я всюду разбрызгивал, и представлял, что она рядом. Не помню ее нежного голоса. Но помню, что я ее любил...

Глава 6

Мандариновое мороженое

76 лет

Любимый театр. Первый ряд, 15-е место. Самое счастливое место.

Сойер — в очках с толстой оправой. Дают какую-то современную комедию. Он неслышно выходит из зала, надевает свое тонкое пальто и направляется домой. На улице легкий мороз, идет снег.

Это был последний раз, когда кто-либо видел Сойера…

Теплый шарф

Я пришел домой, а ноги болят от долгой прогулки. Налил чай в любимую кружку Зои, из которой чай вкуснее уже столько лет...

Лег на кровать в одежде. Я очень сильно устал. На долю секунды закрыл глаза и не заметил, что чай уже давно остыл на столе...

Вот я снова лежу у порога детдома, мне три месяца, а весь мир такой большой и...

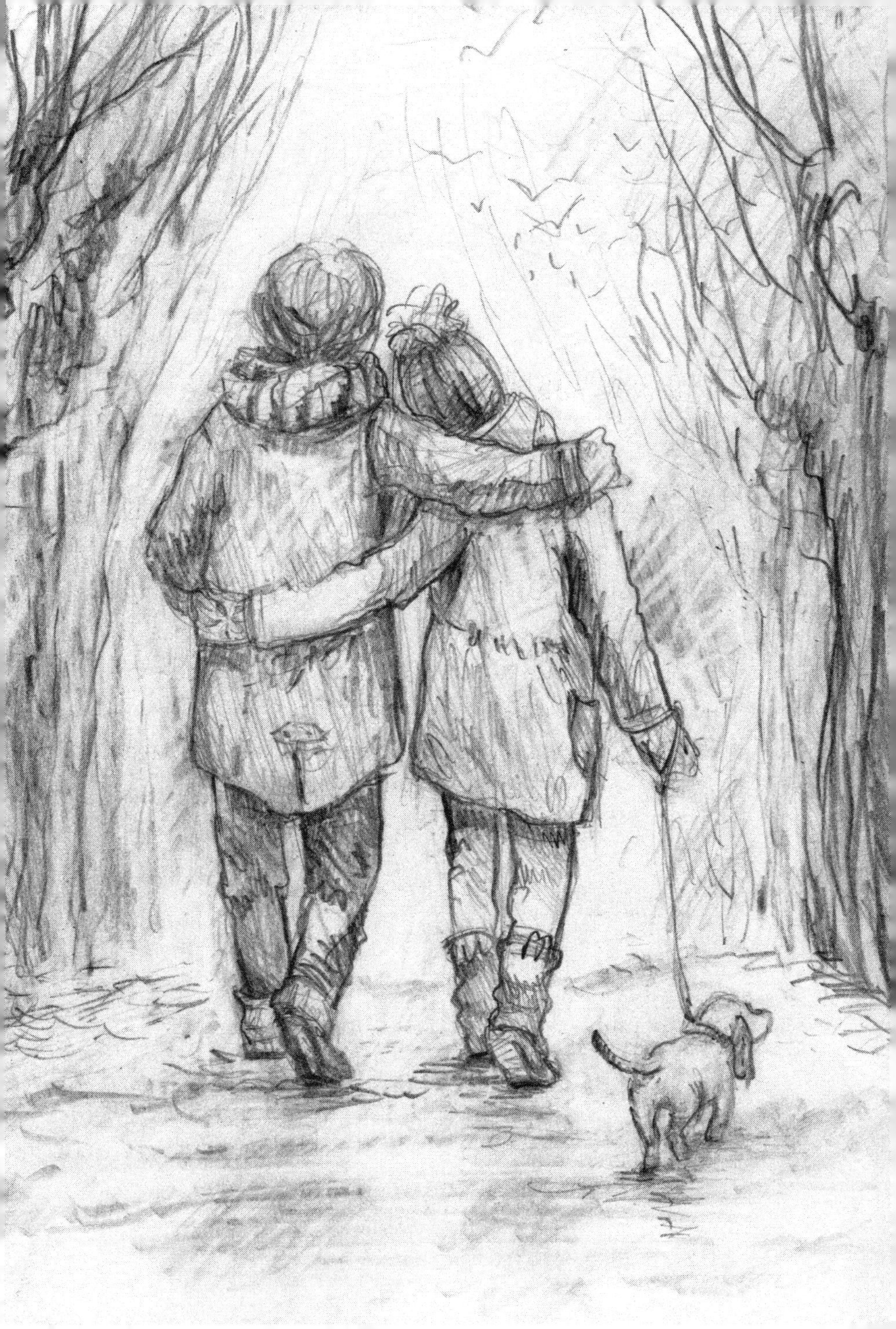

Литературно-художественное издание
Әдеби-көркем басылым

Для широкого круга читателей
әдеби-көркем басылым

Александр Полярный

МЯТНАЯ СКАЗКА

Зав. редакцией *Сергей Тишков*
Ведущие редакторы *Анна Бондаренко, Диана Трантина*
Технический редактор *Татьяна Тимошина*
Корректор *Татьяна Чернова*
Верстка *Игорь Гришин*

Подписано в печать 16.11.2018. Формат 60x84$^1/_{16}$.
Печать офсетная. Гарнитура PF Centro Slab Pro. Бумага Creamy.
Доп. тираж 20 000 экз. Заказ № 9225/18.

Произведено в Российской Федерации
Изготовлено в 2019 г.
Оригинал-макет подготовлен редакцией «Mainstream»
Изготовитель: ООО «Издательство АСТ»
129085, Российская Федерация, г. Москва,
Звездный бульвар, д. 21, стр. 1,
комн. 705, пом. I, этаж 7
Наш электронный адрес: WWW.AST.RU
Интернет-магазин: book24.ru

Общероссийский классификатор продукции
ОК-034-2014 (КПЕС 2008);
58.11.1 — книги, брошюры печатные

Өндіруші: ЖШҚ «АСТ баспасы»
129085, Мәскеу қ., Звёздный бульвары, 21-үй, 1-құрылыс, 705-бөлме, I жай, 7-қабат
Біздің электрондық мекенжайымыз: www.ast.ru
E-mail: mainstream@ast.ru
Интернет-магазин: www.book24.kz • Интернет-дүкен: www.book24.kz
Импортер в Республику Казахстан ТОО «РДЦ-Алматы»
Қазақстан Республикасындағы импорттаушы «РДЦ-Алматы» ЖШС.
Дистрибьютор и представитель по приему претензий на продукцию
в республике Казахстан: ТОО «РДЦ-Алматы»
Қазақстан Республикасында дистрибьютор
және өнім бойынша арыз-талаптарды қабылдаушының
өкілі «РДЦ-Алматы» ЖШС, Алматы қ., Домбровский көш., 3-а), литер Б, офис 1.
Тел.: 8 (727) 2 51 59 89, 90, 91, 92. Факс: 8 (727) 251 58 12, вн. 107;
E-mail: RDC-Almaty@eksmo.kz
Тауар белгісі: «АСТ» Өндірілген жылы: 2019
Өнімнің жарамдылық мерзімі шектелмеген.
Өндірген мемлекет: Ресей

Отпечатано в соответствии с предоставленными материалами
в ООО «ИПК Парето-Принт», 170546, Тверская область,
Промышленная зона Боровлево-1, комплекс № 3А, www.pareto-print.ru

Мы в социальных сетях. Присоединяйтесь!
https://vk.com/ast_mainstream
https://www.instagram.com/ast_mainstream
https://www.facebook.com/astmainstream